리 셋 하 다

이 책 인세의 일부는 네팔(Nepal) 오지의 학교(GONGGANG PRIMARY SCHOOL) 운영에 지원됩니다.

리셋하다

양선희

지혜

01
서문

나에게 길을 선물했다.
그 길이 나를 새로 태어나게 했다. 더할 나위 없는 행운이었다.

무수히 많은 세상의 길을 가 보지도 못하고 생을 마감하거나 머리로만 그리다가
지쳐가는 이도 있다. 뒤돌아보면, 어느 누구도 나에게 묻지는 않았다. 그러나 어
느 날 나에게 들리는 소리에 귀를 기울였다.

"너는 지금 어느 길 위에 있니?"
여행, 떠남, 트레일 워킹……. 어쩌면 잊어버리고 싶은 현실의 길, 도피의 길일
수도 있다. 물론 새로운 만남의 길일 수도.

나는 설산을 높이 오르는 길을 택했다.
그리하여 신생의 기쁨을 맛봤다.

길은 단순하고 장엄했다. 사실에 경배하는 겸허해진 나에게 그 길은 알맞은 품
을 내어 주었다. 안식을 주었다. 불편을 견디고 길에 들자 그곳은 원시의 것, 생
애 최초의 것을 펼쳐주었다.

때로 길은 험했다. 마음을 모아야 했다. 길은 변화무쌍했다. 생각의 허를 찔렀
다. 어떠한 고집도 집착도 부질없게 만들었다. 숨을 내쉬고 들이쉬는 순간마다
길이 나에게 생명을 주고 있음을 깨달았다.

그곳을 사람들은 이렇게 부른다.

신들의 산책로!

6 | 리셋하다

목차

02
삶을 앓다

시인의 결혼
양선희

밤새 위경련에 시달리고도
밥 하고 국 끓이고
돈 벌러 간다

시를 쓰는 시간보다
가계부 쓰는 시간 길어져
논술 과외 더 맡는다

종종 집을 들었다 놓는
다혈질 남편에게
자해공갈을 치기도 한다

화환처럼 별을 머리에 이고
마냥 걷고 싶다는
술 취해 쓴 남편 글씨에

숨 막혀 운다

〈시인의 결혼〉이란 자작시(自作詩)이다. 결혼을 하고 나서 달라진 나의 삶이 고스란히 담겨 있다. 이 시절의 삶이 낳은 시는 하나같이 아프고, 어둡고, 무겁고, 다른 세계에 대한 갈망이 담겨 있다. 아마도, 내가 꿈꾸던 삶을 살지 못해 그랬을 터이다.

미혼일 때는 돈을 벌면 제일 먼저 책을 사고, 독서 삼매경에 빠지고, 길을 걸으면서도 좋아하는 시인의 시를 암송하고, 시작(詩作) 노트를 들고 다니며 영감을 메모하고, 때로는 문우들과 날밤을 지새우며 문학과 인생과 예술을 논했다.

언제나 머리맡에 손전등, 노트, 펜을 두고 잤다. 초등학교 시절부터 몸에 밴 습관이었다. 잠을 자려고 누웠다가도 영감이 떠오르거나 꿈결에도 시를 쓰면 벌떡 일어나 손전등을 켜고 머릿속에 남아 있는 구절들을 노트에 적고는 했다. 노트는 만원 버스에서, 카페에서, 길에서도 펼쳐졌다. 전광석화처럼 떠오르는 단상을 놓칠 수 없었다. 그것들은 육화의 과정을 거쳐 한 편의 시로 완성되어야 했기에.

그러나 언제부터인지 그것들이 달라졌다. 일기는 드문드문 썼고, 순간순간 떠오르는 단상을 메모하는 일조차 게을리했다. 책을 읽고 쓰는 시간은 거의 사라지고, 작고 사소한 일에 감탄하는 일도 줄었다. 감각이 나날이 무디어졌다. 제2의 인생이라 믿었던 삶에서 열정이 다 빠져나간 것이었다. 그 공허를 채우려고 한 일이 있다면 고작 몸을 치장하는 물품을 사는 일에 열을 올리는 것이다. 스스로에게 모르핀을 주사하듯이 말이다.

몽상적인 남편을 부러워하면서도 나는 지극히 현실적인 사람이 되었다. 그 계기는 이러했다. 결혼 전에 비축해 뒀던 돈이 다 떨어졌을 때 시댁에 제사가 있었다. 시어머니께 제수용품을 마련할 돈을 드려야 했다. 남편은 가족이니 돈을 따로 드릴 필요가 없다고 했다.

같은 동네에 사는 시댁과는 서로 수시로 드나들었으니 굳이 경조사를 별도로 챙기지 않아도 된다는 것이었다. 그 말이 옳을 수도 있었다. 시댁은 월세를 받는 가게가 두 군데나 있어 형편이 넉넉했으니 말이다.

그러나 며느리인 나의 입장은 달랐다. 제철 과일은 제일 먼저 시부모님께 사 드려야 된다는 등 시어른 공경을 강조한 친정엄마 때문이었을는지도 모른다.

엄마는 명절이면 8촌까지 빠짐없이 일일이 챙겼다. 닭 한 마리라도 꼭 사다 안기며 명절을 조금이나마 풍성하게 쇠게 했다. 그런 심부름을 도맡아 하던 나로서는 한 명밖에 없는 며느리가 제사상 차릴 돈을 내놓지 못하는 상황을 도저히 용납할 수 없었다. 며느리의 체면을 잃는 일이었기 때문이다.

야속한 남편을 뒤따라 곧바로 시댁의 대문 안으로 들어가지 못했다. 손등으로 눈물을 훔치며 서러움을 삼키고 있을 때 시어머니가 대문 밖으로 나오셨다. 자초지종을 말씀드렸더니 시어머니는 남편과 똑같은 말씀을 하셨다.

"가족인데 뭐 어때? 돈 안 줘도 돼!"

시어머니는 며느리가 집 밖에서 눈이 벌겋게 충혈되어 울고 있는 모습을 이웃이 볼세라 얼른 내 손을 붙들고 집안으로 들어가셨다.

남편한테 돈을 타 쓰려다 자존심을 크게 다친 나는 자구책을 찾기로 했다. 때마침 두 군데서 일자리 제안이 있었다.

하나는 원주 KBS에서 제안한 방송작가 일이었다. 서울의 여러 방송국에서 9년 동안 익숙히 해 온 일인데도 불구하고, 그 일을 시작하는 것은 망설여졌다. 방송국에서는 내가 원하는 방식으로 시간을 유용해도 된다고는 했으나 그 일이 말처럼 쉽지 않을 것 같았다. 또한 아내의 활발한 대외활동을 끔찍이 싫어하는 남편의 오해를 사 자칫 분란을 초래할 수도 있을 것 같았다. 그렇기도 하거니와 그 당시의 지방 방송국에는 작가에게 지급할 예산이 별도로 책정되어 있지 않았다. 부득이 프로듀서의 활동비에서 원고료를 지급할 수밖에 없는 터라 중앙 방송국들과 차이가 크게 났다.

초등학교 때부터 생활기록부에 작가와 나란히 적어내던 선생의 꿈을 이룰 수 있는 제안도 있었다. 원주에 살고 있던 고향 선배가 자기 아이와 그 친구들에게 글쓰기를 가르쳐 달라는 부탁을 해 왔기 때문이다.

두 개의 일거리를 놓고 잠시 고심을 하다가 아이들에게 산문과 운문을 가르치는 일을 선택했다. 그렇게 돈벌이를 시작하고 나니 일은 점점 넘쳐났다. 둘째를 낳는 당일 낮에도 아이들을 가르쳤고, 밤에 양수가 터져 병원으로 가야 했다.

결혼을 앓다

양선희

소스라쳐 깨어 보면
자궁 밖에 임신된 쌍태아처럼
우리는
아프고 아프다

부황 뜬 자국 위에 부황을 뜨고
곪은 속을 소주로 씻으며
우리는 마주 보지 않아
아프고 아프다

얼음 꽉 배긴 몸이
쩍쩍 금 가는 소리
아프고 아프다

아프고 아프며
생을 다 방전시킨다

소통의 부재는 고통을 낳는다. 사람과 사람 사이가 불통인 경우에는 숱한 억측이 쌓이고 쌓여 불신을 낳는다. 그런 관계는 겉으로 번듯해 보여도 일순간 부서지기 마련이다.

나의 결혼생활도 그러했다. 그 시절에 내 마음은 위장에 있었는지 빈번히 위경련이 일어났다. 샛노래진 얼굴로 배를 감싸 안고 토하기 일쑤였다.

그 상태는 좀처럼 나아지지 않았다.

쫓기듯이 걷고, 급히 먹는 것만이 원인은 아닌 듯해 병원을 찾았다.

"고3 수험생보다 스트레스 지수가 더 높습니다. 온몸의 기가 순환이 잘 안 되고, 면역력은 심하게 약화됐습니다. 생각하는 힘도 아주 많이 떨어졌습니다."

내 삶의 정곡을 찌른 한의사의 마지막 진단에 음울해졌다.

사업 확장에만 골몰하는 남편이 신경을 쓰지 않는 가계를 짊어진 채 엄마, 아내, 며느리의 역할을 잘 해내려 기를 쓰느라 너무 오래 나를 성찰하지 못하고 산 것이다. 매사에 무감각해진 상태로 말이다.

그 무렵에 얻은 별칭 하나가 나를 콕 집어 설명해 준다.

집안에 경조사가 있을 때마다 홀로 짐 보따리를 싸든 채 두 아이를 데리고 다니는 나를 맞이할 때마다 이모부가 그러셨다.

"양 전사, 왔어?"

집안의 대소사에 무심한 남편과 결혼을 영위해 나가는 나의 모습이 이모부의 눈에는 전쟁에서 싸우는 군사와 다름없어 보였던 것이다. 그런 생활을 10년 넘게 지속하다 보니 마음은 황무지보다 더 황폐해졌다. 그런 나를 보기가 딱했으리라!

"누나, 원주 가더니 바보가 다 됐네!"

어느 날 남동생이 담담한 어조로 말했다.

그 말은 결코 힐난이 아니었다.

매사에 넘치던 자신감, 필요한 이들에게 나누어 주고도 남던 에너지, 숱하게 꾸던 꿈을 거의 다 잃은 혈육에 대한 안타까운 심정의 토로였다.

가족의 의미를 무색하게 만드는 몇몇 사건을 겪으며 심신이 만신창이가 되어 가는 나를 보다 못한 남동생이 단호하나 애정 어린 태도로 다시 말했다.

"누나 한 명 충분히 먹여 살릴 수 있으니 그곳 생활 다 접고 한시라도 빨리 서울로 와!"

그 찡한 제안을 선뜻 따르지는 못했다. 모든 관계를 청산하고 홀홀 떠나는 것이 결코 쉬운 일은 아니었기 때문이다. 그 무엇보다 두 아이에게 상처가 되는 일은 피하고 싶었다.

그러나 비상시에 쓸 수 있는 비장의 카드를 마음에 새기고 나니 고통스러운 순간마다 큰 위로가 되었다. 물론 쳇바퀴 도는 삶을 멈추지는 못했으나 경고장을 발부한 몸을 혹사시키는 일은 서서히 줄여나갔다.

23

03
히말라야에 가기로 결심하다

그 어느 봄날에 내가 살고 있는 단독 주택을 청소할 때였다. 거실이 새카맣게 변해 있었다. 깜짝 놀라 살펴보니 그것은 죽은 개미들이었다. 공중으로 날아올라 짝짓기를 끝낸 수개미들이 바닥으로 떨어져 생을 마감한 것이었다.

수개미들 시체 사이사이에 날개가 보였다. 알을 낳기 위해 굴에 들앉기 전에 암개미들이 떼어낸 날개였다. 그 날개를 오래오래 바라보았다. 한 개씩 주워 모았다. 그 순간 암개미와 내가 동일시되었다.

그날의 체험이 낳은 시가 한 편 있다.

바로 〈날개에 관한 단상〉이다.

결혼비행을 끝내고 죽은 수개미들을 쓰레받기에 쓸어 담는다. 몸통 따로 날개 따로 떨어져 있다. 몸의 꿈과 날개의 꿈을 달리 품고 저승으로 간 것일까?

결혼한 여왕개미는 제일 먼저 제 몸에서 두 날개를 떼어낸다. 정착해 일가를 이루려면 더 이상 높이 더 높이 비상을 꿈꾸어서는 안 되는 법일까?

일생을, 양식을 모으고 육아에 힘쓰고 집을 지키고 궂은 일을 도맡는 일개미도, 날개가 없다. 날개는 생업을 방해해서? 날개는 외계와 간통해서?

- 양선희 시집 『그 인연에 울다』 (문학동네) 중에서

결혼 생활에 대한 자화상이나 다름이 없는 이 시에서처럼 나는 떼어낸 날개가 그리웠다. 몹시도 외로웠다.

괴로워하는 친구가 있으면 그냥 그 곁에 오래 있어준다는 고래처럼 내 삶에도 나를 위무해 주는 존재가 절실히 필요했다.

그러나 불행히도 내게는 없었다, 다쳐서 못 움직이는 친구가 있으면 그가 기운을 되찾을 때까지 등으로 떠받치고 있어 준다는 고래와 같은 그 누군가가.

나는 우주에 내던져진 고아 같았다.

그 시절에 처음으로 고독이라는 것이 사람을 미치게 만들 수 있는 무소불위의 힘을 지닌 괴물이라는 생각을 하게 되었다.

문득 문우 한 명이 떠올랐다. 문학과 인생을 논하며 몰려다니던 문학청년 시절에 인상에 남은 사람이다. 그는 문인들이 모인 술자리에서 느닷없이 유리컵을 씹어 피투성이가 되고는 했다. 그는 고독을 주체할 수 없었던 것이다.

이제야 그가 부리던 고독의 광기를 온전히 이해할 수 있었다.

어떻게든 삶을 바꾸어야 했다.

긴 고민 끝에 두 아이를 유학 보냈다. 다행히 본인들이 그 길을 원했다. 타국의 생활에도 적응을 잘해나갔다. 아이들 뒷바라지를 하는 와중에 내 길을 모색하기 위해 집에서 독립을 했다. 새 둥지를 홀로 틀었다.

그때 누가 나에게 세상에서 제일 소중한 것을 하나 들라고 했다면 아마 한 치의 망설임도 없이 자유라고 단언했을 테다. 그 점은 지금도 마찬가지이다.

어려운 결단 끝에 얻은 그 자유는 나의 숨길이 되어 주었다.

다시 다양한 욕망을 갖게 되었다. 그 욕망은 곧 에너지가 되었다. 커피, 와인, 요리, 초콜릿, 메이크업, 요가, 괄사 요법, 단편영화 만들기, 영상 편집 등을 배웠다. 사진을 찍기 시작하고, 산문을 쓰기 시작했다.

그렇게 시를 만들어 줄 삶으로 나아가는 문을 열었다.

그 시절에 만나 솔메이트(Soul mate)가 된 J와 대화를 나누던 중에 들은 말이 있다.

"작가 맞아? 여행도 안 다니고…."

내 처지를 알지 못하는 그가 한심하다는 투로 하던 그 말이 무척 서운하게 들렸다.

그러나 지난날을 되돌아보니 실제로 혼자 훌쩍 집을 떠난 적이 없었다. 기껏해야 아이들을 위한 교육여행이나 부모님을 위한 효도여행이 전부였다.

이따금 시외버스 터미널에 나가 노선표와 행선지별 시간표를 보는 것 외에 낯선 장소가 주는 자극을 삶의 활력으로 바꾸어본 지가 까마득했다.

나 자신을 돌보는 방법 중의 하나로 나에게 여행을 선물하기로 결심했다. 그 여정을 통해 삶을 리셋하기로 했다.

그 특별한 여행지로 히말라야를 택했다.

"히말라야는 지상에 남아 있는 마지막 순수야!"

그곳에 다녀온 J에게 그 말을 듣는 순간부터 히말라야를 동경했다.

꼭 그곳에 가고 싶었다. 그 신성한 곳에 가면 내 삶의 난제들을 하나하나 풀 수 있을 것만 같았다.

그 무엇보다도 예고 없이 사로잡히는 무력감에서 벗어나고 싶었다. 문득문득 잘못 살아온 것 같은 자괴감으로 인한 자기혐오도 버리고 싶었다. 과한 자기 연민이 불러오는 감정의 롤러코스터도 멈추고 싶었다. 더 이상 피폐해지고 싶지 않았다.

히말라야에 가면 나를 온전히 회복시킬 수 있을 것만 같았다. 긍정적인 에너지, 웃음, 명랑이 넘치는 나 자신으로 말이다.

"너를 보면 기운이 나!"

그런 말을 듣던 사람으로 되돌아갈 수 있을 것만 같았다.

예감이 적중하기를 바라며 히말라야 트레킹(Himalayas trekking)을 버킷리스트(Bucket list) 1순위에 올려놓았다. 그것만으로도 절로 힘이 솟았다. 동경하는 그 세계가 내 삶의 버팀목이 되어주었다.

"히말라야에 가려면 뭘 준비해야 해?"

히말라야에 무수히 발자국을 찍은 J에게 물었다.

"아무것도 필요 없어!"

"정말?"

"히말라야는 모든 것이 살아 숨 쉬는 곳이야. 심장 같은 곳이지. 그냥 거기 가서 적응만 하면 돼!"

고개를 갸웃거리는 나를 보고 그가 덧붙였다.

"극기 훈련을 하거나 뭔가를 정복하러 가는 건 아니잖아. 거기 가서 모든 걸 풀어놓고 오려고 가는 거지. 정 뭘 준비하고 싶다면 트럭 5대분 가량 준비하고!"

J는 말을 툭툭 던졌다. 시원스럽게 말하는 그의 태도만을 두고 본다면 히말라야에 가는 일이 별것 아니다 싶었다.

04
비아그라를 사다

분홍빛 아령을 두 손에 쥐고 야산을 오르내리며 체력을 키운 지도 어느새 3년이 흘렀다.

내 나이는 어느덧 '하늘의 뜻을 안다'는 지천명과 '듣는 대로 이해할 수 있게 된다'는 이순 사이에 놓여 있었다.

버킷리스트의 실행을 더는 미룰 수 없었다.

서둘러 히말라야 트레킹의 적기를 알아보았다.

우기가 오기 전인 3월에서 4월, 우기가 끝난 9월에서 11월이 좋다고 했다.

고심 끝에 추석 연휴가 끼인 9월 16일에서 9월 30일까지로 일정을 잡았다. 그 기간에 해야 할 일을 미리 당겨서 부지런히 하는 것으로 생업에는 크게 지장이 없도록 애썼다.

6월 6일에 네팔을 오가는 왕복항공권을 예매했다. 인터넷에서 검색한 뒤에 여행사에서 최저가로 구매했다. 뒤늦게 알고 보니 대행 수수료가 따로 있었다. 대한항공에서 구매하는 가격과 별 차이가 없었다. 시간을 투자한 만큼 이득은 못 챙긴 초보 여행자의 실수였다.

비행기 표까지 구매하고 나니 마음이 분주해졌다.

네팔에 갈 때 갖고 가야 할 물건의 목록을 만들었다. 출국을 한 달 정도 앞두었을 때부터 그 목록을 하나하나 체크하며 빠짐없이 챙겼다. 배낭과 등산화를 제외한 등산복, 등산모, 등산양말, 등산 버프, 손수건, 레포츠용 수건, 침낭, 레포츠용 선글라스, 휴대용 수저, 등산용 컵은 새로 장만했다. 헤드랜턴과 등산용 물통은 현지에 가서 사기로 했다.

발품을 팔 시간이 부족한 탓에 인터넷을 이용했다. 원하는 품목을 검색한 뒤에 그 품질과 가격을 꼼꼼하게 비교한 뒤 구매했다.

혹여 앓게 될지 모르는 고산병에 마늘이 효험 있다고 들은 적이 있어 흑마늘을 직접 만들기로 했다. 신선한 마늘을 한 접 샀다. 두 개의 전기밥통에 100여 통의 마늘을 나누어 보름 동안 숙성을 시켰다. 집안에 진동하던 마늘 냄새!

그 흑마늘과 볶은 현미, 된장, 자른 미역, 죽염, 홍삼, 마늘환, 선크림, 포도당 캔디, 세면도구는 출국 직전에 배낭으로 들어갔다.

고산병에는 매운 음식이 좋지 않다고 해서 고추장은 챙기지 않았다.

마무리 준비로 고산병에 대비할 약을 처방받으러 내과에 갔다.

"히말라야 트레킹을 가려고 하는데요, 고산병 약을 처방해 주실 수 있나요?"

나는 의사에게 히말라야에 다녀온 사람들이 추천한 다이아막스(Diamox)에 대해 얘기했다. 의사는 그 약은 처방이 불가능하다고 했다. 원주에서는 찾는 사람이 없는 약이라 처방을 해 주어도 근처 약국에서 살 수가 없단다.

"그럼 비아그라(Viagra)로 처방해 주실 수는 있나요?"

고산에 가는 사람들이 다이아막스 대용으로 비아그라를 쓴다는 정보를 의사에게 말했다.

"제가 고산병 약으로 비아그라를 처방해 본 적은 없습니다. 하지만 제 스승이 히말라야 트레킹 가실 때 비아그라를 갖고 가셨다는 얘기는 들었습니다. 후일담도 들었는데, 고소 증세로 숨이 찰 때 비아그라 드시고 효과를 보셨다더군요. 비아그라가 혈관을 순간적으로 확장시켜 주니까 숨이 찰 때 복용하시면 숨 쉬기가 좀 수월할 겁니다."

의사는 물질특허가 끝난 비아그라가 국내에서도 생산되고 있다고 덧붙였다. 성분은 같으나 가격은 훨씬 저렴한 국내산 비아그라를 10정 처방해 주었다.

고산병 증세가 최초로 왔을 때는 1회에 4분의 1정을, 증세가 심할 때는 2분의 1정을 복용하라고 했다. 증세가 매우 심할 때는 1정을 다 쓰라고 했다. 안면 부종, 홍조, 구토가 나는 부작용이 있을 수 있다는 말도 덧붙였다.

비아그라를 약국에서 구입하면서도 왠지 그것을 복용할 일이 생기지 않을 것만 같았다.

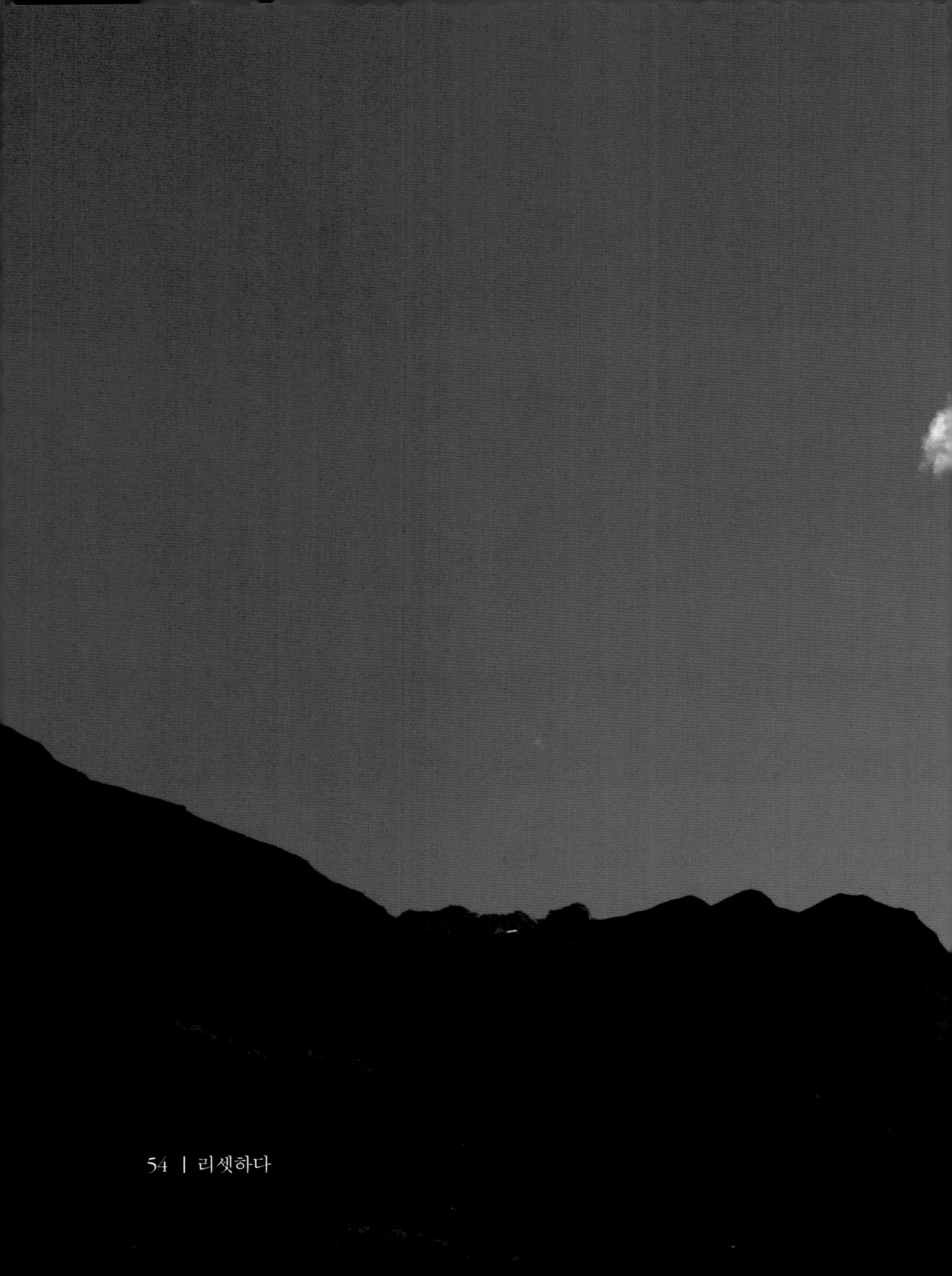

05
황홀한 이륙

인천 국제공항에서 네팔 왕국(Kingdom of Nepal)으로 가는 방법은 다양하다.

시간적인 여유가 있을 때는 방콕이나 홍콩, 광저우 등 한 곳을 경유하는 항공편을 이용하는 것이 좋다. 그렇게 하면 일단 항공권이 싸다. 중간 기착지에서 노닥거리며 여유를 부릴 수 있을 뿐만 아니라 공항 청사 바깥으로 나가서 낯선 도시를 배회하며 집을 떠나온 기분을 한껏 누릴 수도 있다.

하지만 빠듯한 시간을 최대한 효율적으로 사용해야만 하는 나로서는 선택의 다양성을 누릴 수가 없었다. 어쩔 수 없이 택한 직항노선인 대한항공 비행기는 6월 초순부터 9월 하순까지는 일주일에 1회를, 그 기간을 제외한 때에는 2회를 운항했다. 내가 출국할 즈음에는 1회(월요일), 귀국할 무렵에는 2회(월요일, 금요일)에 걸쳐 네팔로 가는 비행기가 떴다.

네팔의 트리부반 국제공항(Tribhuvan International Airport)까지 가는 대한항공 비행기는 인천 국제공항에서 오전 8시 40분에 있었다.

빠트린 물품이 있나 없나 꾸려 둔 배낭을 거듭 확인하며 출국 날짜를 기다렸다. 신나는 일이 많은 명절을 기다리는 아이가 된 기분이었다.

드디어 9월 16일 월요일이 되었다.

전날 저녁에는 잠을 설쳤다. 학창 시절에 소풍이나 수학여행을 떠나기 전날처럼 가슴이 마구 설레었기 때문이다.

시외버스터미널 대합실에는 새벽인데도 불구하고 국외로 떠나려는 여행객들이 눈에 띄었다.

새벽길을 달린 시외버스는 예상보다 빨리 인천 국제공항에 도착을 했다.

그때만 해도 지금과 같은 자동 출국심사나 모바일 체크인 시스템이 없었다.

출국 수속을 밟으려고 줄을 섰다. 아웃도어 의류 패션쇼장에 와 있는 것만 같은 착각이 들었다. 카고 백과 대형 배낭을 수화물 운반용 카트에 실은 채 왁자지껄하게 얘기를 나누는 트레커(Trekker)들 의상이 무척이나 화려했기 때문이다. 색상과 디자인이 시선을 끄는 그 옷들을 보는 일이 길 떠나는 즐거움을 더해 주었다.

승려가 포함된 단체여행객도 보였다. 귀를 기울이지 않아도 자연스레 들리는 대화를 통해 그들이 석가모니(Sakyamuni)가 태어난 룸비니(Lumbini)로 성지순례를 간다는 것을 알 수 있었다. 그들이 가 닿기를 염원하는 피안(彼岸)을 나도 그려보았다.

출국 수속 순서를 기다리는 사이에 수화물로 부칠 짐뿐만 아니라 기내로 갖고 들어갈 가방에도 네임태그(Name Tag)를 붙였다.

네팔에서는 공항을 빠져나갈 때 다른 나라와는 달리 여행객이 가지고 있는 수화물표와 그 여행객의 수화물에 부착된 수화물 번호가 동일한지 일일이 대조를 한다. 다른 여행객과 짐이 바뀌어 낭패를 볼 일은 거의 없는 셈이다.

내 순서가 왔을 때 탑승 수속대로 다가가 들뜬 목소리로 담당 직원에게 말했다.

"오른쪽 창가 좌석으로 주시겠어요?"

"좌석이 이미 지정돼 있습니다."

"여기 와서 좌석 지정받는 거 아니었나요? 혹시 오른쪽 창가 좌석은 남은 거 없나요?"

"죄송합니다. 복도 쪽 밖에 없습니다."

아뿔싸!

네팔에 도착을 했을 때 날씨가 좋으면 저 멀리 병풍처럼 둘러쳐진 설산을 볼 수 있는 좌석은 오른쪽 창가라고 들었다.

항공권을 발권할 때 좌석을 지정하지 않으면 임의로 정해진다는 사실을 공항에서 알게 되었으니 아쉬울 따름이었다. 더 이상 초보 여행자 티를 낼 일이 없기만을 바랐다.

그럼에도 불구하고 마음은 벌써 대기권을 붕붕 날아다녔다. 나에게 영감을 줄 낯선 공간, 낯선 사람, 낯선 사물들과의 조우가 기대되었기 때문이다.

나는 낯선 것을 좋아한다. 그것은 눈을 크게 뜨게 만들고, 감각을 깨어나게 만들고, 잊고 있던 낱말들을 꺼내어 쓰게 만들기 때문이다.

이번 여행에서 만나게 될 생소한 것들을 상상하는 것만으로도 가슴이 벅찼다.

집을 비운 사이에 내 공간을 쓰려고 온 친구가 나를 배웅하며 그랬다.

"마지막으로 간다 생각하고, 보고 와!"

그 말이 힘이 되었다.

무탈한 여행을 기원하는 축원과 함께 밥이나 커피를 사 먹으라고 봉투를 건네준 몇 명의 친구도 힘이 되었다.

내가 탑승할 비행기가 대기 중인 공항의 활주로에 떨어지는 햇살이 눈부셨다. 얇게 저민 반짝대는 금속조각을 흩뿌려 놓은 듯한 날씨 덕분에 마음까지 청명해졌다. 기상 조건까지 길 떠나는 나를 응원해 주고 있었다.

비행기가 조금씩 움직였다. 비행기 기체가 이륙하기 위해 바람을 만들기 시작하는지 활주로 주변의 웃자란 풀들이 물결쳤다.

이윽고 지상에서 창공으로 날아올랐다.

오르가슴(Orgasm)을 느낄 때처럼 황홀했다.

아마도 이 기분 때문에 그 누구나 비상을 꿈꾸나 보다.

비행을 하는 동안 이번에 트레킹을 할 지형이나 지명과 미리 친해지고 싶었다. 그래서 비행기가 항로에 접어들자마자 랑탕 지역(Langtang National Park)의 지도를 꺼냈다.

히말라야의 3대 트레킹 코스는 에베레스트, 안나푸르나, 랑탕이다.

'대체로 안나푸르나 코스는 다채롭고, 랑탕 코스는 아름다우며, 에베레스트 코스는 웅장하다는 평'을 듣는다고 한다.

나는 아름다움에 끌렸다. 네팔 최초의 국립공원이기도 한 랑탕 지역은 그 아름다움으로 인해 '신들의 산책로'라 불리기 때문이다.

물론 또 다른 이유도 있었다. 초보 트레커인 나에게는 안나푸르나나 에베레스트보다 랑탕 지역이 트레킹 하기에 훨씬 더 수월할 것 같았기 때문이다.

지도에는 신의 솜씨로 조각한 것만 같은 산들이 솟아나 있었다. 그 앞에는 높이가 약간 낮은 검은 산이 있었다. 흑백의 대조가 강렬했다.

그 산들은 손짓해 나를 부르는 것만 같았다. 엉덩이가 들썩거렸다.

대중교통이 없는 그 원시의 땅은 녹색 계열로 채도가 다르게 표시되어 있었다. 그 지역은 대지(大地)인데도 불구하고 마치 수도 없는 잔뿌리를 밑으로 뻗치고 있는 거대한 식물처럼 느껴졌다. 그 신성한 기운이 지도를 뚫고 나와 나는 전율했다.

지도를 고이 접어 가슴에 안고 창밖으로 눈을 돌리니 제 몸의 일부를 포개어 한 몸을 이루고 있는 산들이 파노라마로 펼쳐졌다. 그 끝에 이어지는 것은 구름 천국이었다. 천의 얼굴을 지닌 구름들이 나를 홀렸다. 마음껏 무아지경을 즐겼다.

문득 김동인의 단편 〈무지개〉가 생각났다.

그 작품 속의 주인공은 칠색의 영롱한 무지개에 매료되어 그것을 잡으러 집을 떠난다. 오십 년 동안이나 무지개를 잡으려 노력한 일이 허사인 것을 아는 어머니와 무지개를 좇다가 허탕을 친 사람들의 만류도 그의 길을 막지는 못한다.

무지개는 언제나 일정한 거리만큼씩 뒤로 물러나서 찬란한 광채로 소년을 유혹한다. 그 길에서 소년은 무지개가 서로 다른 방향에 있다고 주장하는 소년들을 만난다. 기왓장을 들고 무지개라고 소리치다 낙망하는 소년들도 만난다. 무지개 잡기를 포기하고 돌아오는 쇠약한 소년들도 만난다.

그러나 소년은 절망하지 않는다.

자신과 뜻을 같이 하는 다른 소년을 만나 외곬으로 무지개를 좇는다.

동행하던 소년은 무지개 잡는 일을 포기하자마자 돌연사한다. 하지만 소년은 상심을 털고 다시 무지개를 좇는다.

그러던 어느 날 소년은 문득 무지개를 잡으려는 자신의 욕망이 부질없다는 것을 깨닫는다. 한탄을 하다 결국 뜻을 꺾는다.

그 순간 소년은 폭삭 늙는다.

이제껏 검었던 머리는 새하얗게 변하고 얼굴에는 수많은 주름살이 생긴다.

무지개라는 환상은 그 소년들의 생명수였던 것이다. 그러니 그들이 환상을 버리는 순간 병을 얻고, 젊음을 잃고, 죽음을 맞은 것은 당연지사가 아니었나 싶다.

그 소설을 떠올리며 다시금 생각했다.

'환상을 현실로 바꾸려는 열정만이 삶을 생기 있게 하는 명약'이라는 사실을!

06
신들의 산책로에 들어갈 허가증을 받다

"10분 후에 트리부반 국제공항에 착륙하겠습니다."

비행기가 고도를 낮추자 초록의 땅이 형체를 드러냈다. 모형 같은 집들 너머로 빛의 결정체 같은 히말라야가 보였다. 합장을 하고 고개를 살짝 숙여 인사를 건넸다.

"나마스테(Namaste)!"

그 인사는 네팔 사람들이 만날 때나 헤어질 때 나누는 인사다. 그 인사를 주고받으면 왠지 상대방과의 심리적 거리가 좁혀지는 듯하다. 아마 그 말의 어원 때문이리라.

그 인사에는 '나'가 공존하는 '너'의 마음의 자리에 대한 경배까지 포함되어 있다. 나와 인연이 닿은 상대방의 모든 됨됨이를 존귀하게 여기는 뜻이 내포되어 있는 것이다.

그러니 그 이상 거룩한 인사가 어디 있겠는가!

비행기가 착륙을 위해 하강을 했다. 희열이 전류처럼 온몸을 타고 흘렀다. 이방의 모든 것을 오감으로 받아들일 채비를 서둘러야 했다.

대한민국의 지방 공항보다 더 소박한 활주로 구석구석에서 머리가 새하얀 억새가 몸을 흔들며 나를 반겼다. 버스를 타고 공항 청사로 이동하는 도중에 억새 씨앗 세 개가 유리창에 날아와 달라붙었다가 날아갔다. 환영의 의식을 치르는 것처럼 말이다.

네팔에 입국할 때는 비자가 필요하다. 그것은 서울 성북구에 있는 주한 네팔 대사관에서 발급받을 수 있다. 또한 네팔 공항에서도 즉석으로 발급받을 수 있다.

나는 후자를 택했다. 그 대신 비자 서류는 미리 작성을 해 두었다. 주한 네팔 대사관의 홈페이지에서 비자 양식을 다운로드해 출력을 할 수 있었기 때문이다.

트리부반 국제공항에서는 입국 수속을 받는 줄이 두 개가 있다. 주한 네팔 대사관에서 비자를 받아 왔으면 'With Visa'라고 적힌 줄에 서서 입국 수속을 신속히 끝낼 수 있다. 그러나 입국 게이트에서 비자를 받아야 하는 경우에는 'Without Visa'라고 적힌 줄에 서서 인내심을 갖고 기다려야 한다.

피부, 머리카락, 눈동자의 색깔, 옷차림이 다양한 사람들이 비자를 받기 위해 작성한 서류와 체류하는 날짜에 따라 차등 지불해야 하는 비자 피(Visa fee 비자 수수료)를 꺼내 들고 몇 열로 서 있었다.

비자 발급 수수료는 15일에 25달러, 30일에 40달러, 90일에 100달러였다.

오른손에는 여권을, 왼손에는 25달러를 쥔 채 네팔의 향이 가득한 공기를 깊이 들이마셨다.

"넥스트(Next)!"

드디어 네팔 입국비자를 발급받을 순서가 왔다.

나는 손에 들고 있던 서류를 게이트에 앉아 있는 남자 직원에게 건네주었다.

서류를 꼼꼼하게 검토한 그는 나의 여권에 입국을 허가하는 인지를 붙여 주었다.

여권을 돌려받는 순간 가슴이 뭉클해졌다.

이제 곧 눈의 거처로 가리라!

숙소에 짐을 부리자마자 네팔 커피를 마시러 나갔다.

타멜 거리는 꽤나 혼잡했다. 사람과 사이클 릭샤(Cycle-rickshaw 사람이 자전거처럼 페달을 밟아서 끄는 인력거)와 택시와 오토바이가 뒤엉켜 있었다.

물건을 파는 상인들은 나를 보고 웃으며 외쳤다.

"굿프라이스!(Good price 착한 가격)"

"네팔리 프라이스!(Nepali price 네팔에서 현지인에게 부르는 싼 물건 값)"

나도 웃음으로 화답하며 그들을 지나쳤다.

이 도시는 무엇보다 냄새가 좋았다. 섬기는 신이 서로 다를 수도 있는 각 상점이나 가정에서 피워 올린 향이 도시 전체에 스미어 있는 느낌이었다. 그 이국적인 냄새를 깊이 들이마시는 것으로써 나를 정화하는 첫 번째 의식을 치렀다.

색채의 향연이 펼쳐진 거리를 지나 커피숍 치쿠사(CHIKUSA)에 도착했다.

여기서 고정관념 하나를 유쾌히 깨뜨릴 수 있었다.

그것은 커피를 만드는 방식에 관한 것이다.

내가 알던 융 드립(Frannel Drip)은 물줄기를 드리퍼로 떨어뜨리는 드립 포터(Drip pot)의 위치에너지까지 계산해야 할 정도로 섬세한 방식으로 커피를 만드는 것이었다.

그러나 치쿠사에서는 그런 기교 따위는 안중에도 없이 커피를 만들었다.

그 방식은 이러했다.

그냥 적당한 그릇 위에 둥글고 속이 깊은 체를 올려놓는다. 체 위에 면으로 된 손수건보다 조금 더 큰 천을 펼쳐 얹는다. 거기에 분쇄한 원두를 쏟아붓고, 그득히 물을 부어 커피를 우려낸다. 그렇게 두 번 우려낸 커피를 잘 섞어 손님이 주문을 하면 잔에 담아낸다.

그런데도 커피가 맛있었다. 단숨에 잔을 비우고, 한 잔을 더 시켜 마셨다.

네팔이 커피 산지이다 보니 생두가 신선해서 맛이 최상인 모양이었다.

그 무엇이든 바탕이 중요하다는 생각을 다시금 했다.

라쥐쉬가 커피숍으로 왔다. 히말라야 트레킹을 하는데 필요한 서류를 발급받으러 가야 했기 때문이다.

히말라야 트레킹을 하려는 트레커에게는 두 가지 서류가 필요했다.

팀스(TIMS : Trekking Information Management System 트레커 정보 관리카드)와 퍼밋(Permit 입산 허가증)이다.

트레커의 사진과 신상명세, 트레킹 일정이 적힌 팀스는 3,000루피를 주고 만들었다. 여권처럼 생겼다. 단독 여행자는 표지가 녹색이고, 포터(Porter)나 가이드(Guide)를 동반하는 여행자는 파란색이다. 입산 허가증인 퍼밋은 2,500루피를 주고 발급받았다.

네팔관광청에서 발급받은 그 두 가지를 손에 쥐고 나니 벌써부터 신들의 산책로를 걷는 기분이 들었다.

트레킹에 필요한 추가 물품 구매를 끝내고 라쥐쉬와 함께 저녁을 먹었다. 이번 트레킹에서 그를 포터로 삼았기 때문이다. 그는 체격이 다소 왜소했다. 사시도 있었다. 변변한 트레킹화를 갖춰 신지 못한 그는 고되기는 하나 수입이 좋아 히말라야 포터 일을 한다고 했다.

우리는 네팔의 정식이라 할 수 있는 달밧(Dalbat)을 먹었다.

그 요리는 둥글고 큰 접시에 한꺼번에 담겨 나온다.

렌틸콩으로 끓인 수프인 '달', 쌀로 지은 밥인 '밧', 채소로 만든 반찬인 떨까리가 기본이다. 그 외에 약간의 닭볶음과 라씨(Lassi 천연 요구르트)가 곁들여 나온다.

단잠을 자기 위해 창(Chhaang 수수나 보리로 만든 네팔식 막걸리)을 한 잔 주문해 마셨다. 그러나 그것이 수면제 역할을 해주지는 못했다.

저녁을 먹자마자 복통이 찾아왔다. 물을 갈아먹어 그런 모양이었다.

내일 아침에 트레킹을 떠나려면 어떻게든 통증을 다스려야만 했다. 한방소화제, 마늘환, 홍삼환, 영양제를 순차로 먹었다. 그럼에도 불구하고 밤새 화장실을 들락거렸다.

아침 6시 30분에 맞추어 둔 알람이 울리기도 전에 닭이 홰를 치는 소리가 먼저 들렸다. 그 소리를 들으니 고향의 옛집에서 밤을 난 것 같은 기분이 들었다.

어디선가 이국의 새벽을 신비하게 만드는 기도소리가 들려왔다. 굽이굽이 이어지는 그 찬트(Chant)를 들으니 마음이 더없이 경건해졌다.

그 음조는 신들의 세계에 충분히 가 닿고도 남을 듯했다.

그 신성한 기운이 밤새 몸을 싹 비운 나를 채웠다.

07
타고르의 슐리 꽃

오늘 아침은 라임 티(Limetea)로 대신했다. 이곳 사람들은 속이 탈이 났을 때 라임을 차로 끓여 마신다고 들었기 때문이다. 고산증세에 대비하기 위해 흑마늘도 몇 알 꼭꼭 씹어 삼켰다. 한시라도 빨리 심신을 치유하는 힘을 지닌 신성한 자연 속에 나를 풀어놓고 싶었다.

트레킹을 할 때 내가 메야하는 카메라 가방에는 물병과 간식, 간단한 소지품을 넣었다. 그 나머지 짐들은 포터가 메고 갈 큰 배낭에 차곡차곡 담았다.

7시 30분에 만나기로 한 라쥐쉬를 기다리며 게스트하우스 정원을 산책했다. 이 나무 저 나무에서 새들이 지절댔다. 낯선 새들의 고운 자태를 감상하는 나의 발등에 톡, 톡, 톡 꽃이 떨어졌다. 난생처음 보는 꽃이었다.

그 새하얀 꽃을 집어 들었다. 꽃잎을 세어 보니 모두 여섯 개였다. 꽃대는 갓 뽑아내어 흙을 털어내고 씻은 싱싱한 당근처럼 주황이었다. 꽃을 코에 갖다 대니 기분이 달콤해졌다.

아, 그 꽃이 바로 노벨문학상을 받은 인도의 시인 라빈드라나트 타고르(Rabindranath Tagore)가 사랑한 슐리 꽃(Shiuli flowers 작고 하얀 꽃으로 재스민과 비슷하게 생긴 열대식물)이었다. 시인이 즐겨 노래한 또 다른 꽃인 챔파 꽃(Plumeria 플루메리아)보다는 작으나 향기는 비슷했다.

문학청년 시절 타고르의 시 〈종이배〉에서 알게 된 꽃을 여기 와서 보다니!

감격의 순간, 꽃을 주웠다. 한 송이, 두 송이, 세 송이……. 탁자 위에 슐리 꽃을 수북이 쌓았다. 꽃더미에 내 얼굴을 갖다 대었다. 지난밤의 고통이 확 사라졌다. 아로마 테라피(Aromatherapy)의 진가를 이국의 정원에서 체험한 것이다.

나는 우리 집 정원에서 꺾은 슐리 꽃을 내 작은 종이배에 싣습니다.
이 새벽 꽃들이 밤이 되면 무사히 육지에 닿기를 바라는 마음으로요.

타고르의 시구(詩句)를 읊조리는 사이에 라줘쉬가 왔다. 게스트하우스에서 불러준 택시도 왔다. 우리는 어제 예약해 둔 지프차를 타러 마차 포카리로 갔다.

그곳은 정류장 팻말이 있는 번듯한 곳은 아니었다. 공터에 몇 대의 낡은 지프차가 서 있을 뿐이었다. 그중 한 대가 나를 싣고 사브루베시(Syabru Bensi 1,450m)로 갈 터였다.

그 공터에 정감이 느껴지는 가게가 하나 있었다. 기름집이었다. 가게를 채우고 있는 것은 드럼통 하나가 전부였다. 사람들이 크고 작은 통을 들고 그곳으로 왔다. 가게 주인은 받은 돈만큼 기름을 덜어 팔았다.

고향의 읍내에도 그런 가게가 있었다. 사람들이 빈 소주병이나 정종 병을 들고 그곳에 가곤 했다. 풍로나 등잔에 쓸 석유를 사기 위해서 말이다.

이국에 와서 추억 속의 풍경을 현현해 놓은 것만 같은 장소를 만나게 될 줄이야! 나는 시간 여행을 온 여행자 같은 느낌이 들었다.

그 가게에서 기름을 샀다. 트레킹을 하는 동안 커피를 끓일 버너에 넣을 기름이다. 원래는 화이트 가솔린을 사야 했다. 그러나 어제 타멜에서 몇 군데 가게에 가 봤지만 구할 수 없었다. 그래서 석유라도 사야 했던 것이다.

석유 집주인과 얘기를 나누던 라쥐쉬가 한 대의 낡은 지프차를 가리켰다. 그러고는 배낭을 들고 그 차가 있는 곳으로 걸었다. 그 차의 지붕에는 이미 차체의 절반은 되어 보이는 짐이 실려 있었다. 라쥐쉬는 그 과적된 짐들을 비집고 나의 배낭을 실었다.

지프차에 타려던 나는 멈칫했다. 정원을 초과한 인원 때문이었다. 한 대의 지프차에 탈 사람이 운전사를 포함해 모두 11명이었다. 단독으로 지프차를 전세 낸 것이 아니니 비좁은 자리에 몸을 구기고 앉는 수밖에 없었다.

아무래도 이곳에서는 내가 아는 정원(定員)의 개념이 다른 것 같았다. 어떻게 해서라도 그 공간에 타야 할 사람이 다 타면 그 인원이 바로 정원이 되었으니 말이다.

그런 셈법을 당연시하는 현지인의 대열에 나도 기꺼이 동승했다.

나의 앞좌석에는 네 명의 여성이 앉아 있었다. 그 현지인들 중 나이가 지긋한 세 명은 전통적인 복장을 하고 있었다. 귀보다 큰 귀걸이, 허리춤에 차고 있는 세공이 섬세한 숟가락, 모자와 옷감의 화려한 자수가 돋보이는 그들은 타망족이라고 했다. 그 부족의 차림새는 어느 길에서 만나든 깊은 인상을 주었다.

좌석이 정돈되자 지프차는 내가 오늘 묵게 될 사브루베시를 향해 출발했다.

08
신들의 불심검문을 받다

카트만두에서 사브루베시까지 가는 동안 차는 자주 멈추었다. 일정한 구간마다 세워져 있는 검문소에서 검문을 받아야 했기 때문이다(트레킹을 끝내고 버스를 타고 카트만두로 돌아올 때도 10번이 넘는 검문을 받았다).

그런 때마다 라쥐쉬는 나의 팀스와 퍼밋을 들고 검문소로 갔다.

그 사이에 총을 든 군인이 차에 탄 사람과 짐을 살폈다.

무장한 군인이 외국인인 나를 귀찮게 하는 일은 단 한 번도 없었다. 그러나 때때로 현지인의 신분과 짐은 꼼꼼하게 검사했다. 그러느라 시간이 지체되었다.

트레커가 자신의 이동 현황을 수많은 검문소마다 등록을 해야 하는 것은 어쩌면 꽤 번거로운 일일 수도 있다. 나의 경우에는 라쥐쉬가 그 일을 대신해 주었기에 그런 수고는 덜 수 있었지만 말이다. 그러나 혼자인 여행자의 경우에는 그 점이 힘들 것 같았다.

하지만 다른 한 편으로 생각해보면 그 검문이 트레커의 신상을 보호하는 일이 아닐까 싶었다. 일정한 구간마다 위치한 검문소에서 트레커의 상황을 일일이 체크하는 것만으로도 만일의 사태에 적잖은 대비가 될 수 있을 터이니 말이다.

첩첩산중에 군부대들이 주둔하는 다른 이유에 대해서도 미루어 짐작을 해 보는 사이 일행이 용변을 해결하기 위한 마을에 도착을 했다. 모두 차에서 내려 운전기사가 가리켜주는 장소에 가서 볼일을 보았다.

그 마을에서는 네팔 여성의 민속의상인 사리(Sari)를 입은 여인이 오이를 팔고 있었다. 왼손에는 오이를, 오른손에는 낫을 들고서 말이다. 그이 앞에 놓인 커다란 바구니에 수북이 쌓여 있는 오이는 두 사람이 나누어 먹어도 배가 부를 정도로 컸다. 현지인들은 그 오이에 라면수프와 비슷한 황토색 분말을 뿌려먹고 있었다.

50루피를 내고 오이를 한 개 샀다.

오이를 파는 여인은 내가 건넨 돈을 젖가슴 사이로 밀어 넣었다. 깊게 파인 가슴골이 그이의 지갑이었다. 그러고 나선 낫으로 능숙하게 오이를 깎았다. 마치 묘기를 부리는 것처럼 손놀림이 유연했다. 그이가 다 깎은 오이를 세로로 4등분, 가로로 2등분해서 투명한 비닐에 담아 나에게 건네주었다.

그 오이 맛은 흡족했다. 갈증을 가시게 해 주었을 뿐만 아니라 기억 속의 미각까지 되찾아주었다. 우선 아작아작 씹히는 맛이 일품이었다. 입 안에 그득히 고이는 향 또한 신선 그 자체였다. 고향의 텃밭에서 무 농약으로 키운 꼬부라진 오이를 뚝 따서 한입 베어 먹었을 때 느끼던 딱 그 맛이었다. 그 무엇과도 비할 데 없는 순수한 맛 말이다.

다시 지프차를 타고 둔체(Dunche 2,040m)로 향했다.

창밖으로 언뜻언뜻 보이는 땅은 적황토. 매우 기름져 보였다. 어떤 씨앗이든 그것의 성질대로 쑥쑥, 튼실하게 키워낼 것만 같은 땅. 그 빛깔 또한 너무나도 고와 몇 숟갈 퍼 먹고 싶을 정도였다.

열어 둔 차창으로 나비가 날아들었다.

노랑나비였다.

내 어깨에 앉았다 다른 이의 어깨로 날아가 앉으며 날개를 팔랑댔다.

그 날갯짓을 눈으로 좇고 있으려니 나도 모르게 스르륵 눈꺼풀이 감겼다. 눈에 보이는 것을 단 하나도 놓치고 싶지 않은데 말이다(나중에야 알게 된 사실이

지만 이 졸음이 고산 증세의 시초였다).

　지프차는 둔체에서 정차를 했다. 이쯤에서 점심을 먹어야 했기 때문이다. 눈에 보이는 식당으로 들어가 치킨 시즐러(Chicken Sizzler)를 주문했다. 입산 전에 몸에 단백질을 비축해 두어야 트레킹을 무사히 할 수 있을 것 같았기 때문이다.

　달구어진 철판에 담겨 나온 그 음식은 손바닥만 한 닭고기 위에 버섯이 들어간 소스가 덮여 있었다. 익힌 당근과 브로콜리 등의 채소가 곁들여져 나왔다. 라줘쉬 말에 의하면 식당마다 소스나 곁들이는 서너 가지 채소는 약간씩 다르다고 했다.

　음식은 맛있었다. 하지만 지나치게 짠 것이 흠이었다.

　비교적 싱겁게 먹는 내 입에 네팔의 식당에서 먹는 음식들은 거의 다 짰다. 그래서 음식을 주문할 때는 빼놓지 않고 이 말을 해야만 했다.

　"소금을 넣지 마세요!"

09
몸이 말하는 소리를 들어야 한다

식곤증이라고는 볼 수 없는 졸음이 자꾸 몰려왔다. 어떻게든 그것을 쫓으려고 팀스를 꺼내어 그 면면을 살피기 시작했다.

팀스의 뒤표지에는 설산이 우뚝 솟아 있었다. 그 봉우리는 이번 트레킹에서 만나게 될 랑탕리룽(Langtang Lirung 7,234m)이었다.

그 산 밑에 적혀 있는 고산 증세의 대비책이 내 눈에 확 들어왔다.

'몸이 말하는 소리를 들어라!'

랑탕 트레킹을 하다가 고소(高所)에 적응을 하지 못해 사망에 이른 사람이 더러 있다고 들었다. 그 증세가 왔을 때 가장 좋은 처방은 낮은 데로 내려가는 것이라 고도 들었다. 응급 상황인 경우에는 구조 헬리콥터를 불러 타야 하고, 덜 위중한 경우에는 나귀를 타고 고도가 낮은 곳에 있는 마을로 내려가야 된다고 들었다.

몸이 말하는 소리.

몸이 말하는 소리.

그 말을 되뇌어 보았다.

그것은 마치 한 줄의 시구(詩句)와도 같았다. 그 표현이 마음에 들었다. 물론 그 속에 내포되어 있는 뜻도 나를 사로잡았다.

그 말은 내가 신들의 산책로에서 최우선으로 해야 될 일이 무엇인지를 확연히 일깨워주었다. 그것은 바로 나 자신을 살피는 일이었다.

몸이나 마음의 상태가 맑은지, 흐린지, 폭풍우가 휘몰아치는지….

사망에 이를 수도 있는 문제의 징후를 알아차리려면 결국 나 자신에게 오롯이 집중을 해야만 한다는 것이었다.

그 무엇보다 절실했던 그 시간을 이국의 낯선 곳에서 가질 수 있게 될 터였다. 제발 그 시간을 통해 내가 신생(新生)을 얻을 수 있기를 간구해 보았다. 그곳에 존재한다는 수억 명이 넘는 신들에게….

10
신들의 세계로 가려고 강을 건넜다

민가의 풍경은 정답다. 사람살이가 엇비슷한 모습을 하고 있기 때문이다. 내가 사는 곳의 일부를 뚝 떼어다 놓은 것만 같은 그 풍경은 빙그레 웃으며 다가서게 만든다.

사브루베시에서 맞이한 새벽에 게스트하우스 밖에 나가서 본 풍경도 그랬다. 어슴푸레한 길로 나서니 예닐곱 마리의 나귀들이 제일 먼저 나를 반겼다. 차가 다니지 않는 마을로 짐을 운송하는 주요한 수단인 갈색과 회색 나귀들은 제 몸에 적재되는 짐의 하중을 가늠이라도 하려는 듯이 순해 보이는 커다란 눈을 끔벅대고 있었다.

문득 이효석의 단편소설 〈메밀꽃 필 무렵〉의 무대에 들어선 느낌이었다.

부자지간이라는 사실을 알지 못하는 허 생원과 동이가 서로 말문을 트게 된 것은 날뛰는 나귀 때문이었지. 그들이 달빛 속을 걸어 제천 장으로 갈 때 서로 번갈아 반추하는 추억담을 귀담아 들어주던 존재도 나귀였지. 그들의 삶엔 그 어떤 길도 마다하지 않고 묵묵히 동행하며 애환을 함께 한 나귀가 있었지.

상념에서 빠져나오자 등짝에 짐을 잔뜩 실은 나귀들은 그에 못지않은 등짐을 진 짐꾼들과 더불어 내가 가야 할 길로 먼저 떠나고 있었다.

어제저녁에 미처 둘러보지 못한 마을의 아래쪽을 향해 걸음을 옮길 때 향기가 나를 휘감았다. 난생처음 맡아보는 강렬한 향기였다. 걸음을 멈추고 심호흡을 했다. 왠지 몸과 마음의 구석구석이 정갈해지는 것 같았다.

땅 속에서 꽃을 피운 유령 난초의 향기를 후각으로만 좇아 꿀을 따기 위해 떼를 지어 줄줄이 이동하는 흰개미라도 된 것처럼 그 향기가 피어나는 곳으로 걸었다.

만물상으로 보이는 어느 가게 옆의 야트막한 돌담 위에 놋쇠로 만든 향로가 얹혀 있고, 그 향로에서 은회색 연기가 피어오르고 있었다. 나를 부른 것은 바로 그 향로에서 피어나는 향내였다.

타고 있는 그것은 침엽수의 잘 마른 나뭇잎으로 초록빛을 띠고 있었다. 우리나라의 향나무 잎과 비슷했다.

향로 앞에 몸을 바로 하고 섰다. 어느새 내 손은 합장을 하고 있었다. 눈을 지그시 감은 채 이번 트레킹의 무사안일을 빌고 있었다.

이런 효능 때문에 향은 정화나 기도가 필요한 장소에서 경건하게 쓰이나 보다.

향이 제 몸을 태운 연기를 올려 보내는 높은 곳을 바라보다가 불현듯 서랍 속에 넣어 둔 향나무 조각이 떠올랐다.

제사나 차례를 지낼 때마다 아버지는 커다란 고구마 크기의 향목(香木)을 꺼내어 이쑤시개 두어 배 길이로 가늘게 잘랐다. 그러고는 마른 모래를 담은 향로에 그것을 몇 개 꽂아 제상에 올린 뒤에 불을 붙였다.

은은하게 번지는 그 향내를 맡고 있노라면 흐트러졌던 마음이 가다듬어지고는 했다.

아버지가 유명을 달리하고 나서도 몇 해는 그 향나무를 깎아 사용했다. 집의 문이란 문을 활짝 열어젖히고 조상들 넋을 불러들일 때는 어김없이 그 향을 피웠다.

그러나 그것이 어린 고구마처럼 작아졌을 때부터는 서랍에 치워두었다. 그 대

룽다와 타르초는 모두 기원을 담아 내거는 깃발이다. 룽다는 수직으로, 타르초는 수평으로 내단다. 둘 다 오색이다. 파란색, 하얀색, 빨간색, 초록색, 노란색의 순서로 이루어져 있다. 물, 하늘, 불, 바람, 땅을 각각 상징한다.

그 깃발의 바탕색 위에는 경전이 인쇄되어 있다. 부처님의 말씀이 바람을 타고 우주 곳곳으로 날아가기를 바라는 열망 또한 담겨 있는지도 모른다. 그렇기에 룽다와 타르초의 색채가 그토록 강렬한 것이 아닐까.

고옥들마다 새겨진 티베탄들 삶의 문양은 세세히 살피지 못하고 사브루베시의 구시가지를 벗어났다. 해가 지기 전에 오늘 묵을 로지에 도착하려면 서둘러야 했기 때문이다.

숲이 우거진 계곡으로 접어들어 비탈진 외길을 올랐다. 왼쪽에서 계곡 물소리가 들렸다. 그런데 그 물소리가 너무나도 세찼다. 그 물소리로 영혼의 찌든 구석구석을 말끔히 씻어내는 것. 그 또한 신들의 산책로에 드는 통과의례였다.

그 강은 랑탕 콜라(Langtang khola 랑탕 강)였다.

그날 이후 그 강을 오래 마음에 품고 살았다.

그러다 비로소 최근에야 다음과 같은 시를 썼다.

히말라야를 찾아

양선희

신들의 산책로에 들었다.
설산 녹은 물 천둥소리를 내며 흘렀다.
무거운 얘기 통쾌하게 씻겨 나갔다.

사소한 잡생각에도
풀들이 쐐기처럼 나를 쏘아댔다.
돌부리 나무뿌리 나를 넘어뜨렸다.

숨을 내쉬고 들이쉬는 일
숨을 제대로 쉬는 법
새롭다.

바람을 이기는 돌
야크가 어슬렁대는 곳에 도착했을 때
꽃이 만발했다.

집집마다
기도가 넘쳐흘렀다.

허리 굽혀 들어간 신들의 거처
한 줌의 곡식, 한 자루 양초, 한 송이 꽃
놓여 있다.

　- 양선희 시집 『봄날에 연애』 (지혜) 중에서

현지인들은 자신의 몸무게보다 훨씬 더 나갈 것 같은 짐을 지고도 날렵했다. 낡은 슬리퍼나 운동화를 신고서도 말이다. 아예 맨발인 이도 많았다. 그들은 이곳 산에서 흔하게 나는 조릿대로 만든 지팡이를 짚고 무거운 짐의 무게를 지탱하기도 했다.

그들이 짐을 운반하는 방식이 내 눈에는 이색적으로 보였다. 그래서 이마를 이용해 짐을 져 나르는 고산족을 만날 때마다 한참을 쳐다보고는 했다. 실례가 되는 줄 알면서도 말이다. 그들은 나와 같은 이방인을 충분히 이해한다는 태도로 멀어져 갔다.

"참, 신통하네!"

이 말을 자주 하게 만든 것이 또 하나 있었다.

수통에 가득 채웠던 물이 떨어지고, 소변을 더 이상 참기 어려운 때가 되면 어김없이 가게를 겸한 민가가 한 채라도 나타나는 것이었다.

사브루베시를 떠나 처음으로 만난 가게에서 물을 한 병 사 수통을 채웠다.

민가를 겸한 그 가게의 주인은 타망족의 전통복장을 한 남자였다.

타망족은 남자들 역시도 그 부족이라는 것을 단번에 알아볼 수 있는 문양이 화려한 모자를 쓰고, 자신의 귀보다 큰 귀걸이를 하고 있었다.

그 집의 뒤곁에서 햇살에 널어 말리고 있는 토란대, 버섯, 고추를 보았다. 우리네 농촌과도 다름없는 그 풍경을 보니 마음이 푸근해졌다. 고산병의 초기 증세인 졸음과 두통으로 인해 깡통처럼 찌그러졌던 내가 서서히 복원되는 것 같았다.

것도 많아진다. 그러니 한없이 가벼워지고 싶은 길 위에서는 그렇게 그저 스치는 인연이면 족할 것이다. 그 짧은 만남은 기약 또한 없어 더 특별히 기억되리라.

히말라야 트레킹을 할 때 꼭 금해야 할 것이 잡념이라는 것을 새삼 깨우쳤다. 걷는 일에 집중하지 않고 잡생각을 하는 찰나에 넘어졌기 때문이다. 발목을 삐지는 않고 찰과상만 입은 것이 그나마 다행이었다. 손에 들고 있던 카메라가 망가지지 않은 것도 요행이었다.

나무가 울창한 산길은 변화가 무쌍했다. 오르막과 내리막이 반복되었다. 오르막길을 오르느라 힘겨워할 때쯤이면 내리막길이 나타났다. 때로는 강변을 걸을 때도 있었다. 그때는 깜짝 선물을 받은 것처럼 행복했다.

어느새 뱀부(Bamboo 2,030m)에 도착을 했다. 이곳의 이정표는 거의가 땅에 박은 나무 기둥 위에 바탕색을 칠한 판자나 양철을 붙박아 그 위에 검은색 글씨를 쓴 것이 전부였다. 그것들을 볼 때마다 히말라야에 오래도록 산 친구를 만난 듯이 반가웠다. 안도감도 들었다. 그 소박한 이정표는 곧 가까운 곳에 마을이 있다는 뜻이었으니 응급 상황이 생겨도 구원을 요청할 길이 있는 셈이었다.

지프차에서 인연을 맺은 타망족 여인들과는 자주 마주쳤다. 그이들은 나와 앞서거니 뒤서거니 했다. 외길이니 그럴 수밖에 없었다. 그이들은 산에서 내려오는 작은 계곡을 만나면 무조건 걸음을 멈추었다. 짐을 내려놓고 계곡물을 양껏 들이켰다. 석회가 많은 물이라 마시고 탈이 날까 봐 로지가 나타날 때마다 생수를 사 수통을 채우는 나와는 달랐다. 그이들은 아예 갖고 다니는 물통도 없었다. 그래서 가끔 그이들에게 내 수통의 물을 나누어주기도 했다. 그래도 수통이 바닥나서 낭패를 본 일은 없었다(고산에서는 숨을 쉬는 것만으로도 수분이 소비되기 때문에 매일 2~5L의 물을 마셔야 한다는 사실을 최근에야 알았다).

트레킹을 시작한 첫날의 행보로는 감당하기 만만치 않은 험난한 길이 이어지고 또 이어졌다. 자주 절벽길도 나타났다. 한눈을 팔 수가 없었다. 그나마 다행인 것은 수목이 울울창창하다는 점이었다.

었다. 감탄하며 사진을 찍고, 감상도 메모했다(귀국을 한 뒤에 서점에서『히말라야 식물대 도감』을 샀다. 아직도 그 책을 들춰보며 그곳에서 만난 식물들 이름을 조용히 불러본다).

어제 사브루베시에서 라마호텔까지 오는 동안에는 빛이 변화시키는 자연의 풍경만 보고도 시간을 가늠할 수 있었다. 그래서 오늘 아침에는 차고 있던 시계를 아예 풀어버렸다. 가끔 음악을 듣던 휴대폰과 아이패드도 전원을 끈 채 배낭의 제일 밑바닥에 넣었다. 발길이 한결 더 가벼웠다.

오늘은 정글이 자주 나왔다. 제일 인상적인 것은 거대한 나무들. 줄기와 가지마다 다른 식물을 빼곡히 키우고 있는 그 나무들은 공생의 아름다움을 가르쳐주었다. 정글에서는 다양한 소리가 들렸다. 새소리를 빼고는 어떤 생물이 내는 소리인지 알 수 없었다. 그 신비한 소리가 날 때마다 귀를 쫑긋쫑긋 세우고 미지의 세계를 마음껏 상상했다.

어느 지점부터였는지는 모른다.

길이 오롯이 나 자신만을 들여다보게 만들었다.

왜 이 길로 떠나왔는가?

왜 이 길을 걷고 있는가?

이제, 어떤 삶을 살기를 원하는가?

머릿속에 가득한 물음표는 길을 걷는 동안 말끔히 사라졌다. 질문에 대한 해답을 찾았기 때문은 아니었다. 걷는 일 하나만도 힘에 부쳐 다른 생각은 털끝만큼도 할 수가 없었기 때문이다. 그것이 히말라야가 나를 고산에 적응시키는 방식이었다.

14
신의 눈을 보았다

날씨는 점점 종잡을 수가 없었다. 안개가 싹 걷히자마자 비가 내렸다. 얼른 걸음을 멈추고 카메라에 방수포를 씌워 배낭에 넣었다. 비옷을 꺼내 입고, 빗속을 걸었다. 유소년 시절에 그랬던 것처럼 손바닥으로 통통 빗물을 튕겨 올리고, 머리를 한껏 뒤로 젖힌 채 입을 벌리고 빗물을 받아먹었다. 이곳에서는 비 맞는 일을 전혀 겁낼 필요가 없었다. 빗물조차도 히말라야 공기처럼 맑았으니 말이다.

　짐의 무게를 줄이려고 머리부터 발끝까지 방수가 되는 비옷은 준비하지 않았다. 생활 방수 기능이 있는 바람막이 상의만 준비한 탓에 비를 계속 즐기며 걷기에는 다소 무리가 있었다. 그때 눈앞에 나타난 러블리 레스토랑(Lovely Restaurant)에서 점심을 먹기로 했다. 때는 이르지만 말이다.

　유리창을 통해 바깥의 날씨를 살필 수 있는 실내에서 달밧과 창을 한 잔 주문했다. 알코올 기운으로 잠시나마 체온을 상승시키려고 말이다. 때마침 이 로지의 주인이 직접 담근 창이 있다고 해서 그 솜씨가 궁금하기도 했다(고산병에는 술이 담배보다 더 나쁘다는 사실을 그 당시에는 알지 못했다).

　벽에 걸린 액자 속의 사진들을 구경했다. 이미 이곳을 다녀간 사람들 사진이었다. 트레커들이 로지의 주인 부부와 사진을 찍은 뒤에 인화해 이곳으로 보낸 모양이었다. 그 사진들은 이곳 주인 부부의 친절한 심성을 대변해 주고 있었다.

"오늘만 지나면 나을 겁니다."

라쉬쉬가 나를 위로했다.

제발 그러기만을 바랐다. 사흘 만에 딛고 선 땅의 고도를 4,000m 가까이 높였으니 몸이 아픈 것이 정상일 터이니 말이다.

아이도 잘 뛰어노는데 나는 왜 이 모양인가?

나보다 약해 보이는 사람도 멀쩡한데 나는 왜 이 모양인가?

이런 자책은 몸을 더 상하게 할 터였다. 그러니 그저 시간에게 심신을 온전히 내맡기고 그 흐름이 나를 치유해 주리라 믿는 도리밖에 없었다.

내 간청을 못 이긴 라쉬쉬는 길을 떠났다. 방 안에서 그를 배웅하고, 설산 사진을 몇 장 더 찍었다. 몸을 움직인 탓인지 두통이 더 극심해졌다. 다시 두 손으로 골을 싸맨 채 끙끙댔다.

아무래도 하산을 하는 게 옳을 것 같았다. 그렇게 마음을 먹고 나니 왈칵 눈물이 쏟아졌다. 만병의 근원인 심약증을 떨치려고 짐을 정리했다.

땀에 절어 냄새가 풀풀 나는 양말과 속옷은 빨아 볕이 잘 드는 곳에 널고, 이층의 난간에 기대어 앉아 볕을 쬐었다. 룽다가 바람에 펄럭대는 소리, 사람들이 곡괭이질을 하는 소리, 까마귀가 우짖는 소리만 들렸다.

자신의 손으로 땅을 파고, 씨를 뿌리고, 거두고….

자연이 때맞춰 주는 것은 덤이라 여기고….

욕심을 부릴 이유가 없는 소박한 삶….

적막 속에 앉아 있으니 집으로 돌아가면 더 단출한 삶을 꾸려야 되겠다는 생각이 절로 들었다. 그러자 갑자기 배에서 꼬르륵 소리가 났다. 주머니에 넣어 두었던 볶은 현미를 몇 알 먹었다. 일부러 꼭꼭 씹어 삼켰다. 위장이 음식을 거부하지 않아 다행이었다. 이대로 몸이 진정된다면 얼마나 좋으랴 싶었다.

몸이 회복되는 징조는 늘 식욕이다. 구미가 당기는 음식이 생각나기 시작하면 곧 자리를 털고 일어날 수 있다.

엄마는 늘 그러셨다. 입맛을 잃으면 갈 데는 저승뿐이라고. 그러니 입맛 당길 때 부지런히 맛있는 거 챙겨 먹으라고. 엄마는 또 그러셨다. 다리에 힘 있을 때 부지런히 다니라고. 근력을 잃어 가고 싶은 데 못 가면 그게 바로 감옥살이라고.

언제나 간접 화법으로 나를 응원하는 엄마를 생각하니 기운이 좀 솟는 것 같았다.

카메라와 수첩을 챙겨 들고 일층으로 내려갔다. 톨마가 나를 보자마자 의자를 권했다. 샛노란 페인트를 칠한 탁자 앞에 앉아 천천히 사방을 둘러보았다. 집들의 지붕, 창문, 룽다의 강렬한 원색들이 눈을 사로잡았다.

라마호텔에서 이곳까지 오는 길에 끌렸던 것 중 하나는 집들의 문이었다. 그 문들은 모두 색채가 강렬했다. 마음에 드는 문을 발견하면 그 앞에 가만히 서 있고는 했다. 아마 다양한 세계의 문을 열고 싶은 무의식의 발현이었을 테다.

양지바른 곳에 앉아 장아찌 만들 무를 썰던 톨마가 손짓으로 나를 불렀다. 그이 가까이 다가가니 채반에 널어 말리려던 무를 집어 주었다. 그이가 주는 대로 받아먹었다. 구토를 하지 않는 내가 대견한지 톨마는 자꾸만 무를 건넸다. 순박한 미소도 곁들여서 말이다.

막대 썰기를 한 무를 한 줌 들고 다시 의자로 돌아와 햇볕을 쬐었다. 날은 차가웠다. 그러나 햇살은 나를 부드럽게 어루만지는 연인의 손길 같았다. 그 따스함에 몸을 내맡기고 있으려니 두통이 덜했다. 그러자 슬그머니 마을 풍경이 궁금해졌다.

19
야크와 함께 산책을 하다

느긋한 기분으로 한가롭게 거니는 산책을 즐기지 못하며 산 날이 많다. 무엇에 그리 쫓기었는지 그저 종종거리며 살았다. 그런 탓에 지금도 다른 사람과 함께 걸을 때는 꽤나 신경이 쓰인다. 산책자의 속도로 걸어보려 하지만 어느새 걸음이 빨라지기 때문이다.

마을산책을 나가겠다고 하니 톨마가 극구 말렸다. 고산병을 앓는 내가 길에서 쓰러지기라도 하면 큰일이라며 정색을 했다. 호젓한 시간을 즐기고 싶은 나는 멀리 가지 않겠다는 약속으로 그이를 안심시키고 홀로 게스트하우스를 나섰다.

약간의 돈을 주머니에 챙겨 넣고 마을길로 접어드니 갓 세상 구경을 나온 사람처럼 가슴이 뛰었다. 새로운 세계를 탐험하는 일은 언제나 설레기 마련인가 보다. 한 발짝 두 발짝 조심조심 걸음을 떼어놓았다. 어제 마을로 접어들 때 본 야크가 있는 곳으로 내려갔다.

간밤에 그리 많은 비가 내렸는데도 길은 질척거리지 않았다. 대지는 발밑에서 폭신폭신 밟혔다. 양지바른 곳마다 빨래, 가늘게 썬 무, 똥, 잎이 무성한 향나무 가지가 널려 있었다.

227

주택가를 벗어나니 길이 온통 야크 똥 범벅이었다.

이곳에서는 야크의 똥이 큰 재산일 터이다. 그것을 둥글납작하게 빚은 뒤에 바짝 말려 연료로 쓰기 때문이다. 키 작은 나무의 잎이나 풀을 먹고사는 야크 똥은 섬유질이 풍부해 잘 타고, 지독한 냄새도 없다고 했다. 살아 있을 때뿐만이 아니라 죽은 뒤에도 그 쓸모가 큰 야크가 고산족들에게는 더없이 보배로운 존재이리라!

한 여인이 기다란 집게를 들고 다니며 야크 똥을 주워 등에 진 대나무 바구니 안으로 던져 넣고 있었다. 길에 널린 야크 똥은 줍는 사람이 임자인 모양이었다.

이 마을에서는 크고 작은 바위, 돌로 축조된 집의 외벽, 돌담이 건조대로 쓰이고 있었다. 이곳 사람들은 태양이 달군 돌을 이용해 지혜롭게 빨래를 널어 말리고 있었다. 그러지 않은 곳에는 어김없이 똥이 널려 있었다. 똥을 오물로 보지 않는 환경이 관대하게 느껴졌다.

내가 어린 시절만 해도 사람의 똥과 오줌은 큰 재산이었다. 그것을 한 군데 모아 충분히 발효시킨 뒤에 농작물을 건강하게 키울 수 있는 거름으로 썼기 때문이다. 심지어 초유를 먹은 아기 똥을 받아 약으로 복용하는 어르신도 있었다.

오래된 시간 저편의 가치가 고스란히 지켜지는 마을을 걷다 보니 집집마다 내걸어 둔 룽다가 펄럭대는 소리가 커졌다가 작아지곤 했다. 그 소리의 고저만으로도 바람의 힘을 느낄 수 있었다. 룽다가 날리는 방향을 보면 풍향(風向)도 알 수 있었다. 룽다에 적힌 경(經)들이 당도하고자 하는 곳으로 바람이 불어가기를 기원했다.

"나마스테!"

귀에 익은 목소리가 들렸다. 주변을 둘러보니 어제 만났던 솜의 누나가 빙그레 웃으며 자신의 집 마당에 서 있었다. 재회가 기뻤지만 말을 하면 골이 덜렁거려 간단한 인사만 건넸다.

정이 넘치는 사람들 덕분인지 고산증이 좀 더 가시는 듯했다. 아직 숨이 가쁜 증상은 여전했지만 확실히 두통은 좀 가셨다. 드디어 좀 살 것 같았다.

솜의 엄마가 앞에 앉은 동생의 머리를 풀어헤쳤다. 숱이 많은 검은 머리가 땅까지 닿았다. 솜의 엄마는 동생의 머리를 빗질하기 시작했다. 정수리에서부터 머리카락 끝까지 정성을 다해 빗겼다. 빗기고 또 빗겼다. 자매가 서로의 머리를 번갈아가며 단장해 주는 정겨운 모습을 보느라 시간이 가는 줄도 몰랐다.

까마귀들이 깍깍대는 소리가 갑자기 커졌다. 하늘을 보니 설산을 배경으로 까마귀들이 떼를 지어 하강하고 있었다. 모두 낮게 날면서 부산하게 날갯짓을 했다. 곧 비가 올 징조였다. 먹장구름도 몰려오고 있었으니 말이다.

서둘러 게스트하우스로 돌아오니 아니나 다를까 비가 쏟아지기 시작했다. 새가 낮게 날면 비가 온다는 우리네 속담이 딱 들어맞는 순간이었다. 하우스보이는 비가 들이치지 않는 곳으로 내 빨래를 옮겨 널고 있었다. 방으로 들어온 나는 조금이라도 에너지를 비축해 두려고 낮잠을 청했다.

20
몽환적인 밤을 나다

짧은 낮잠에서 깨어나니 비는 그치고, 안개가 몰려왔다. 마을이 통째로 사라졌다. 어디서든 안개가 여는 막간극에는 매료될 수밖에 없었다.

안갯속에서 등장하는 사람은 하나같이 털실로 뜬 겨울 모자를 쓰고 있었다. 비가 그친 뒤에 기온이 뚝 떨어진 모양이었다. 겨울옷을 챙겨 입고 밖으로 나갔다.

야크들이 주민(住民)처럼 마을을 어슬렁대며 어느 집이든 자유롭게 드나들었다. 대문이 따로 없었으니 말이다. 좁은 골목길에서 녀석들을 마주치면 얌전히 비켜서 있다가 걸음을 옮겨야 했다.

노란색 꽃이 핀 유채, 브로콜리, 당근 등이 자라는 텃밭 둘레는 얼기설기 잇댄 판자나 철망 혹은 돌로 담이 쳐져 있었다. 야크, 조랑말, 바람이 넘보지 못하게 취한 조치 같았다. 하지만 그 곁을 지나는 조랑말들은 담장 위로 웃자란 유채를 제 것인 양 뜯어 우물거렸다.

코흘리개들이 노는 모습을 구경했다. 아이들은 손에 집히는 것은 무엇이든 장난감으로 바꿨다. 돌멩이, 나뭇가지, 닭의 깃털, 똥…. 코흘리개들은 그 무엇을 손에 쥐어도 재미나게 놀았다. 그들에게 장난감일망정 총이나 칼이 없는 게 얼마나 다행인가 싶었다. 전쟁놀이를 통해 폭력에 익숙해질 일이 없을 터이니 말이다.

간간이 라줘쉬가 올라갔을 산을 유심히 보았다. 늦은 오후 무렵에 야크 목장 뒤편의 산 중턱쯤에서 빨간색이 어른거리는 게 보였다. 라줘쉬의 모자였다. 걸터앉았던 바위에서 일어나 두 손을 흔들었다. 라줘쉬도 나를 발견하고 반가운 손짓을 했다. 나는 얼른 산 밑으로 걸음을 옮겼다.

디지털카메라의 장점 중의 하나는 인화를 하지 않고도 찍은 사진을 확인해 볼수 있는 것이다. 다른 때는 그 기능이 유용하다는 생각을 크게 하지 않았다. 그러나 카메라에서 내가 오르지 못한 키모슝리(Kimoshung Ri 4,484. 고산병을 앓는 내가 걱정이 된 라줘쉬는 애초의 계획을 수정해 랑탕리룽보다 낮은 산에 올랐다)에서 펄럭대고 있는 나의 카타를 보는 순간 가슴이 울컥했다. 급기야 감격의 눈물을 쏟았다.

그런 나를 위로하려고 방에서 버너에 모카포트를 올려놓고 에스프레소를 만들었다. 커피 향기가 폐부를 흔들었다. 숨을 빠르게 들이쉬었다. 향기가 몸 구석구석까지 퍼지니 행복감이 넘쳤다.

에스프레소를 마시고 나니 사흘 동안 메슥거리던 속이 드디어 가라앉았다. 저녁으로는 삶은 감자와 현지인들이 즐겨 먹는다는 수프를 주문했다. 맑고 시원한 국물 속에는 감자, 버섯, 유채가 들어 있었다. 버섯은 꼭 육질이 좋은 쇠고기처럼 쫄깃쫄깃했다. 그릇을 다 비웠다. 그런데도 허기가 채워지지 않아 차파티(Chapati)를 한 장 주문했다. 통밀가루를 반죽해 둥글고 얇게 구운 차파티에 꿀을 듬뿍 발라 먹었다. 이곳에서는 꽃이 많아 꿀이 흔해 그런지 꿀 인심이 후했다(이곳으로 오는 길에 바위 절벽에 위태롭게 매달려 석청을 따는 고산족들을 보았다).

오늘은 난로에 불이 다 꺼질 때까지 식당에서 사람들과 도란도란 온기를 나눴다. 톨마는 단상을 메모하는 내 곁에 앉아 뜨개질을 했다. 날렵한 손놀림으로 두개의 대바늘을 교차시키며 모자를 떴다. 그이는 뜨고 있던 모자를 나에게 건넸다. 얼떨결에 몇 번 코를 만들고, 코를 막아봤다. 누군가에게 선물할 목도리와 벙어리장갑을 뜨며 겨울을 보내던 사춘기 시절로 되돌아 간 것만 같았다.

라쥐쉬는 동료 포터와 식탁에 마주 앉아 카드놀이를 했다. 그들이 배팅하는 도구를 보고는 쿡 웃고야 말았다. 그것은 노랗게 잘 마른 옥수수 알갱이였기 때문이다. 이곳에서는 아이든 어른이든 자연에서 얻은 것을 사용해 즐거운 시간을 보내는 법을 터득하고 있었다.

그 화기애애한 사랑방으로 찾아온 이가 있었다. 지프차에 동승했던 타망족 여인이었다. 그이는 내가 수통을 열어 자신의 갈증을 덜어 준 데 대한 보답을 하고 싶다고 했다. 자신이 직접 담근 창을 주겠다는 것이었다. 선의를 거절하는 것이 예의가 아닌 것 같아 빈 수통을 들고 길을 나섰다. 헤드랜턴에 의지해 길을 더듬는 나와는 달리 그이는 자욱한 밤안개 속에서도 날쌔게 걸었다.

그이의 집안은 어느 상점처럼 꾸며져 있었다. 선반과 탁자에는 티베트인들이 만들었다는 물품이 빼곡히 전시되어 있었다. 문양과 색채가 화려한 양탄자, 스카프, 모자, 야크의 이빨로 만든 목걸이, 장신구들…. 처음 보는 희귀한 물건이 많았다.

티베트의 기타라는 다녠(Dranyen)이 눈길을 끌었다. 어느 티베트인이 직접 향나무를 깎아 만들었다는 그것은 향도 은은했지만 문양이 매우 섬세하고 아름다웠다. 마음에 드는 물건을 덥석덥석 살 수 없는 주머니 사정이 아쉬웠다. 결국에는 창이 담긴 수통만을 들고 돌아올 수밖에 없었다.

밤이 깊어지자 기온이 오르락내리락하는지 더웠다 추웠다 했다. 그러나 나를 괴롭히던 두통은 거의 가시고, 숨 쉬는 일도 한층 수월해졌다. 그래서인지 자리에 눕자마자 금세 곯아떨어졌다.

거대한 전기드릴로 콘크리트 벽을 뚫는 것만 같은 소리에 깨어났다. 새벽 3시경이었다. 그 소리는 간헐적으로 이어졌다. 커튼을 걷고 창밖을 내다보았지만 달빛만 교교했다.

날이 밝자마자 그 소리의 정체에 대해 라쥐쉬에게 물었다.

그 비통한 울음의 주체를 알아내고는 놀라워 크게 웃었다. 내 가슴을 후벼 파던 주인공은 바로 발정 난 야크였던 것이다. 밤 내내 구애를 하러 다니던 녀석의 엄청난 울음소리는 평생 잊지 못할 것이다. 참으로 몽환적인 밤이었다.

21
망각의 비용을 지불하다

"계단은 내려갈 때 조심해라!"

오래전에 엄마가 해 주신 말씀이다.

사실 길을 오를 때는 발을 헛디디는 경우가 거의 없다. 오로지 길에만 집중하기 때문이다. 그러나 길을 내려갈 때는 잡생각에 딴지가 자주 걸린다. 엎어지기도 하고, 나둥그러지기도 한다. 그래서 엄마는 길을 내려갈 때 발밑을 조심하라고 당부하셨을 터이다. 그 어록을 떠올리며 강진곰바를 내려갔다.

그러나 이번 내리막길은 나를 명랑하게 만들었다.

하늘과 맞닿은 것 같은 고산에 걸린 아침 달이 고요히 빛나는 모습을 보고 길을 내려가니 살 것만 같았다. 그 무엇보다 나를 옥죄던 두통이 거짓말처럼 싹 가신 덕분이었다. 고산병에 가장 좋은 약이 고도를 낮추는 것이라는 처방이 들어맞은 것이었다. 콧노래가 절로 나왔다.

신들이 구역을 나누어 대지에 꽃을 피우는 것만 같은 언덕들을 지나 좁다란 길의 양편으로 몇 채의 가옥이 있는 곳을 지날 때였다.

향나무 잎이 널린 마당에 펴 놓은 우산 아래 아기구덕이 있었다. 제주도에서 쓰이던 대나무로 엮은 아기구덕과 비슷했다. 구덕을 흔들고 있는 여인의 허락을 구해 잠든 아기를 한참이나 들여다보았다. 나도 아기의 얼굴처럼 평온해졌다. 언제 어디서든 아기와 꽃은 나를 웃게 만드는 존재라는 걸 새삼 느꼈다. 생명을 잉태하고, 출산하고, 양육하는 일처럼 흐뭇한 일이 또 어디 있을까 싶었다(나는 폐경이 되기 전까지 잉태의 욕망에 시달렸다).

새집을 짓는 사람들이 대패질을 하는 곳에 멈춰 서서 나무의 속살이 뿜어내는 향내를 맡고, 계곡과 계곡을 잇는 현수교를 건널 때는 온몸으로 그 리듬을 탔다. 걷는 일에 지칠 때는 쑥을 뜯어 향취를 맡고 기운을 충전했다.

라마호텔에서 강진곰바까지 올라갈 때는 이틀이 걸렸지만 강진곰바에서 라마호텔로 내려올 때는 하루밖에 걸리지 않았다. 라마호텔에서 거울을 보니 강진곰바에서 찐빵처럼 부풀었던 얼굴 부기가 다 가라앉아 있었다.

강진곰바로 올라갈 때는 이곳에서 라쥐쉬가 정한 게스트하우스에 군말 없이 묵었다. 그러나 이번에는 현지인 부부가 꾸려가는 곳에 묵기로 했다. 그곳은 정글 뷰 게스트하우스(Jungle View Guest House)였다. 이층에 짐을 풀고 땀에 찌든 몸을 씻으러 아래층으로 내려갔다.

샤워실을 살펴보니 순간온수기가 있었다. 그곳으로 들어가 씻을 준비를 마치고 양치질부터 했다. 그런데 계속 찬물이 나왔다. 시간이 지나면 더운물이 나오려니 하고 기다려도 물의 온도는 바뀌지 않았다. 옷을 다시 입고 나가 주인에게 순간온수기의 작동 법을 물어보기에는 번거로워 부들부들 떨면서 씻었다.

나중에 알고 보니 순간온수기의 전원이 주인만 아는 곳에 숨겨져 있었다. 샤워실에 들어가기 전에 주인에게 온수를 쓸 수 있게 해 달라는 부탁을 했더라면 따뜻한 물을 충분히 쓸 수 있었을 텐데 아쉬웠다. 문화가 다른 지역에서는 그게 무엇이든 먼저 그 용법을 물어본다면 낭패 볼 일이 적을 것 같았다.

식당으로 들어가니 트레커들로 넘쳐났다. 그들이 쓰는 언어를 알아들을 수 없다는 것이 나를 자유롭게 해 주었다. 그들의 언어는 그저 고저와 장단이 다른 하나의 울림으로만 들렸다. 의미를 새기지 않아도 되는 일이 이렇게 편할 줄이야!

저녁으로는 감자전과 계란전을 시켰다. 주인이 고추 부각을 튀겨 덤으로 주었다. 알싸한 것이 입맛을 돋우었다. 집에서 먹던 맛을 그대로 느꼈기 때문일까? 갑자기 껍데기가 붙은 돼지고기가 푸짐하게 들어간 김치찌개와 닭백숙이 입에 당겼다.

새하얀 크림이 듬뿍 든 쿠키도 먹고 싶었다. 평소에는 군것질을 거의 안 하는 편인데도 단 것이 그리웠다. 한나절 거리에 문명의 도시를 두고 있으니 아무래도 몸이 먼저 익숙한 맛을 그리워하는 것 같았다.

배낭 밑바닥에 넣어 둔 시계는 아직 꺼내지 않았다. 신들의 산책로에서는 여전히 시계가 불필요했기 때문이다. 시간을 아는 것 또한 무의미했다. 그저 배가 고프면 끼니를 때우고, 해가 저물면 잠자리에 들고, 동이 트면 움직이면 되었으니 말이다.

오늘 역시 자연의 리듬에 실려 잠자리에 들었다 닭이 홰를 칠 때 깨어났다. 계곡물이 흘러가는 소리가 이곳에 처음 당도했을 때처럼 정신을 일깨웠다.

새벽달과 구름 사진을 찍으러 바깥으로 나갔다. 공기가 상쾌했다. 간밤에 내린 비를 담뿍 받아 마신 식물들 또한 싱그러운 기운을 한껏 내뿜고 있었다.

청동으로 된 통에 들어 있는 물을 길에 뿌리고 다니는 노인을 만났다. 그가 게송을 읊는 것으로 보아 향을 피운 향로를 앞뒤로 흔들고 다니는 것과 비슷한 의식인 듯했다.

245

산책을 끝내고 게스트하우스의 식당으로 가서 삶은 감자, 치즈를 넣은 차파티, 밀크티를 주문했다. 오늘은 산길을 걸어야 해 든든히 챙겨 먹었다.

신들의 산책로를 오가는 동안 약간 비싸게 지불한 음식 값에 대해서는 '망각의 비용'이라 생각했다. 이상하게도 그 길에서는 기억의 괴로움에서 놓여날 수 있었기 때문이다.

이곳에 와서 걷는 일에만 집중한 뒤에는 회한에 찬 기억들로부터 완전히 자유로워진 것이다. 숨을 제대로 쉬는 일에만 혼신을 쏟다 보니 불필요한 기억은 저절로 잊었다. 사브루베시에서부터 건너기 시작한 수많은 현수교 밑으로 흐르던 강은 아마도 망각의 강이었으리라!

게스트하우스 주인에게 양해를 구한 뒤 먹다 남긴 삶은 감자와 부뚜막에 널어 말린 양말을 챙겨 길을 떠났다. 오늘은 타망족의 문화유산을 체감할 수 있는 '타망 헤리티지 트레일(Tamang Heritage Trail)'을 걷기로 했다.

강진곰바로 가던 중에 한국인 청년을 만났던 가네쉬 로지(HOTEL GANESH VIEW LODGE)가 있는 림체(Rimchhe 2,450m)까지 올랐다. 그곳에서 길이 두 갈래로 갈라졌다. 로지의 건물을 바라보고 섰을 때 왼쪽으로 가면 타망 헤리티지 트레일, 오른쪽으로 가면 강진곰바였다.

타망 헤리티지 트레일로 접어드니 하늘이 청명했다. 산비둘기가 구구 거리며 날아가고, 아욱이나 고사리가 자라는 텃밭도 보였다. 처음으로 야크, 노새, 말의 것이 아닌 똥을 발견했다. 토끼 똥처럼 작고, 까맣고, 동글동글했다.

길을 오르락내리락하던 중에 신축 중인 단층 건물을 보았다. 그 외벽에 'SCHOOL'이라고 적힌 것을 보니 학교를 새로 짓는 모양이었다. 출산율이 낮아 폐교가 늘어나는 우리네와는 다른 현실이 부러웠다. 출산이 늘고 있는 땅에 축복이 있기를 기도했다.

열무가 자라고 있는 계단식 밭을 지나 티베탄들이 운영하는 티베트 패밀리 게스트 하우스(TIBET FAMILY GUEST HOUSE)에서 점심을 먹기로 했다. 마당의 가장자리에 달리아 꽃이 피어 있고, 방목된 닭들이 모이를 찾아다니고 있었다.

옥외에 나 있는 계단을 통해 이층에 있는 부엌으로 가 보았다. 마루가 깔려 있는 곳의 한 구석에 부뚜막이 있었다. 그 반대편에 있는 작은 창으로 들어오는 햇살만이 내부를 밝히고 있어 어슴푸레했다. 나무로 불을 피운 부뚜막에 철판이 얹혀 있었다. 여주인은 반죽한 밀가루를 둥글 납작하게 만들어 달궈진 철판에 올렸다. 내가 주문한 차파티(Chapati)를 만드는 것이었다.

양파와 국수를 넣은 수프와 삶은 계란도 그랬지만 차파티는 한입씩 그 맛을 음미할 때마다 감탄사가 나왔다. 가미를 하지 않은 밀가루 반죽만을 불에 달군 철판에 구웠을 뿐인데도 담백하고 고소했다. 밀의 향미를 고스란히 느낄 수 있었다. 마파람에 게눈 감추듯이 차파티를 먹어 치우고 한 장 더 주문했다.

내가 식사를 마치고 나니 여주인은 자기 가족이 먹을 음식을 만들기 시작했다. 그것은 바로 네팔의 전통식이자 별미인 '디도(Dhido)'였다. 그것을 만드는 방식은 이러했다.

가루로 만든 옥수수와 수수를 반반씩 섞어(어떤 지역에서는 메밀가루도 쓴다고 한다) 냄비에 담고 적당량의 물을 넣은 뒤에 주걱으로 젓는다.

불 위에 냄비를 올려놓은 뒤에 내용물을 계속 휘젓는다.

묽던 반죽이 끓으면서 수제비 반죽처럼 덩어리가 되면 불에서 냄비를 내린다.

디도 덩어리를 그릇에 옮겨 담아 손으로 떼어 소스에 찍어 먹는다.

그 디도를 한 덩어리 얻은 뒤에 마당에 놓인 나무의자에 앉았다. 디도를 손으로 조금씩 떼어 소스에 찍어먹었다. 맛이 일품이었다. 옥수수와 수수의 맛이 제대로 느껴졌다. 그 맛을 압권으로 만든 것은 소스였다. 채소를 곱게 갈아 굵게 다진 마른 홍고추를 살짝 뿌린 그 소스는 약간의 점성을 띤 진초록이었다.

그 소스의 원료를 알고 난 뒤 한 번 더 놀랐다. 사브루베시에서 라마호텔로 이동할 때 나의 손등을 쏘았던 바로 그 풀이었기 때문이다.

타망족이 땅에서 나는 것을 얼마나 지혜롭게 이용하는지 알 수 있었던 그 쐐기풀의 이름은 시스누(Sisnu)였다. 그 잎을 스치기만 해도 따가운 증상이 나타나는 것은 줄기와 잎에 나 있는 솜털과 같은 잔가시 때문이었다.

23
탄생의 거룩한 기운을 받다

디도를 다 먹은 뒤에 타망족의 집 주변을 둘러보았더니 대마가 보였다. 튼튼한 줄기, 무성한 잎, 큰 키. 현재 우리나라에서는 허가 없이 키울 수 없는 식물이다. 그러나 나의 어린 시절엔 사방에 대마(삼)가 널려 있었다. 그 식물로 물레질을 해 삼베를 만들었다. 이곳에서도 삼이 그 시절처럼 유용되는 것 같았다.

삼은 길 어디에서나 무성히 자라고 있었다.

전해 들은 바에 따르면 네팔에서는 방(Bhang)으로 불리는 대마초를 피워도 법이 눈을 감아 주는 날이 딱 하루 있다고 했다. 힌두교도의 축제인 '마하 시바라트리(Maha Shivaratri 위대한 시바 신을 위한 밤)' 때다. 다른 축제와는 달리 밤을 중심으로 열리는 그 축제에 참여한 이들은 시바 신이 명상을 할 때 즐겼다는 방을 피우고 밤새껏 기도를 한다고 했다.

줄기가 튼실하고 잎이 무성한 삼의 그늘에 놓인 의자에 앉아 쉬고 있으려니 타망족 여인들이 엉덩이까지 내려오는 숱이 많은 머리를 빗질을 하는 게 보였다. '삼단(삼을 일정한 양으로 묶은 단) 같은 머리'라는 비유의 실체를 눈앞에서 보니 마냥 신기했다.

축복이 담긴 북소리를 뒤로 하고 나선 길은 온통 빛났다. 햇살은 강렬했으나 이따금 불어오는 바람이 땀을 식혀주었다. 이따금 등짐을 진 티베탄이나 조랑말을 몰고 가는 남자가 곁을 지나갈 뿐 까마귀 우는 소리만 들렸다. 고적해서 룽다를 발견하면 더없이 반가웠다. 멀지 않은 곳에 민가가 있을 터였다.

갑자기 날씨가 흐릿해졌다. 다시 안개가 산과 길을 뒤덮기 시작했다. 길을 더듬어 걷다 보니 어느새 안개가 싹 걷혔다. 언제나 그랬듯이! 구름 사이에 숨어 있던 해도 나왔다. 절벽길이 끝날 때 뒤를 돌아보며 오래도록 서 있었다. 떠나온 곳에서 그랬던 것처럼.

숲길이 이어졌다. 흰나비가 날고, 송장 메뚜기도 보였다. 수령이 오래된 참나무가 너무나 멋져 그 앞에서도 걸음을 멈추었다. 옹이가 많고 구부러진 가지의 곡선이 아름다운 그 나무를 한참이나 어루만졌다.

산 중턱을 올려다보니 예닐곱 마리의 검은 염소가 보였다. 녀석들은 산을 타면서 풀을 뜯고 있었다. 이곳으로 오는 길에 보았던 동글동글한 똥을 싼 녀석들이 아닌가 싶었다.

길은 오르막과 내리막이 반복되면서 지그재그로 이어졌다. 또 고산증이 오는지 하품이 나오고, 졸리기 시작했다. 그럼에도 몸은 한없이 청정하고, 가벼웠다. 맑은 공기가 오장육부를 말끔히 세척한 것 같았다. 머릿속 구석구석까지!

"와, 산초나무다!"

길의 왼쪽에서 자라고 있는 커다란 산초나무를 발견하고 반가워 소리 질렀다. 가지마다 붉게 익은 열매가 매달려 있었다. 얼른 잎사귀를 하나 따 손으로 비벼 냄새를 맡아보았다. 강렬한 향기가 멍한 머리를 개운하게 씻어 주었다. 네팔리들도 산초를 식용, 약용으로 쓴다고 했다. 라줘쉬는 집에 가지고 갈 산초 열매를 두어 줌씩 땄다.

에델바이스가 피어 있는 산기슭에 잠시 등을 기대고 앉아 산초에 얽힌 추억을 떠올렸다.

풋 산초열매로 담근 장아찌를 처음 먹어본 곳은 지리산에 있는 벽송사였다. 열매를 깨물어 먹을 때 입안에서 나는 소리도 경쾌했지만 그 강렬했던 향이란!

그 뒤에 산초장아찌를 사서 먹어봤지만 그 맛을 느낄 수 없었다. 그래서 산초 열매로 직접 장아찌를 담그기로 했다. 산책을 다니는 야산에 산초나무가 많았기 때문이다.

그때 나는 열매가 동글동글해질 때를 기다려 산초나무 가지를 휘어잡았다. 무수히 돋은 가시를 헤치고 열매를 따는데 예기치 못한 복병이 나타났다. 모기떼가 새카맣게 몰려왔던 것이다. 겉옷을 벗어 휘둘러도 별 소용이 없었다. 그나마 그 모기들이 수컷이라 물린 데가 심하게 부풀어 오르지는 않았다.

그때부터 지금까지 매년 산초 열매 장아찌를 담그고 있다.

"잠잠!"

잘 익은 산초 열매를 골라 딴 뒤 라줘쉬가 길을 재촉했다.

이 길에서도 날씨는 변화무쌍했다. 또다시 안개가 밀려왔다. 눈에 보이는 모든 것이 안갯속에 파묻혔다. 잠시 쉬어 가는 수밖에 없었다. 과거와는 달리 이제 나는 쉬어가야 할 때를 정확히 알았다.

돌들이 성벽처럼 쌓여 있는 곳에 배낭을 내려놓고 휴식을 취했다.

금세 안개가 걷히자 낯익은 마을이 멀리 보였다. 본격적인 트레킹을 시작하기 전에 묵었던 사브루베시였다. 그 마을 뒤편으로는 꼬불꼬불한 길이 보였다. 내일은 저 길을 넘어 칠리메(Chilime)로 갈 거라고 라줘쉬가 말했다.

심호흡을 하고 다시 길을 걸었다. 이번에는 계속 내리막길이었다. 숨을 헉헉대며 오르막길을 오르지 않아도 되니 신이 났다. 키 큰 나무에 기생을 하는 양치류들은 곱게 단풍 들고 있었다. 이따금 새소리가 들리고, 나비도 보였다. 정적 속에서는 도마뱀이 움직이는 소리도 들렸다. 눈도 귀도 한없이 밝아진 모양이었다.

드디어 길 아래편에 타망족이 사는 마을이 나타났다. 대여섯 가구쯤 되어 보였다. 가장자리를 돌로 쌓아둔 밭에 밀이 피어있었다. 밭의 중간중간에 있는 유실수에 과일은 없고, 가장자리 나무에는 돌배가 몇 개 매달려 있었다.

어느 밭에서는 스프링클러가 돌아가고 있었다. 밀뿐만 아니라 고추, 호박, 열무, 당근, 토란이 자라는 밭들도 보였다. 친숙한 작물들을 보는 일은 언제나처럼 정다웠다.

강진 빌리지 게스트 하우스(Khanjin Village Guest House)에 짐을 풀었다. 어느새 뉘엿뉘엿 해가 지고 있었다. 닭들이 땅을 헤집으며 다니는 마당에 활짝 핀 무궁화나무가 있었다. 우리의 국화(國花)를 여기서 보다니! 감회가 새로웠다. 그 옆에는 카펫을 짜는 것으로 보이는 베틀이 놓여 있었다.

일자형으로 된 게스트하우스 건물은 이층이었다. 일층에는 부엌과 화장실, 욕실이 있고, 이층에는 방이 있었다. 더운물로 샤워를 하려면 한 양동이에 100루피를 내야 해서 현지인처럼 찬물로 씻었다. 견딜 만했다.

주인의 허락을 구한 뒤에 부엌으로 들어가 보았다. 부뚜막에는 조리 기구를 올릴 수 있는 화덕이 하나 있었다. 사브루베시와 가까워 물품 조달이 용이해 그런지 가스레인지를 쓰고 있었다.

여주인은 갓 뽑아온 콩과 호박 등의 푸성귀를 다듬고 있었다. 맛은 늘 재료가 결정을 하니 갓 수확한 채소로 만들 음식이 기대되었다.

이곳에서는 부엌이 우리네 대청마루처럼 쓰이고 있었다. 들에서 일을 마치고 귀가한 할아버지는 불이 피어오르는 부뚜막 앞에 앉아 차를 마시고, 할머니는 카펫을 짤 실을 타래에서 북으로 옮겨 감고 있었다. 가족이라는 낱말 속에 담겨 있는 훈훈함을 절로 느낄 수 있는 정경이었다.

이곳 사람들은 식탐을 부리지 않는 듯했다. 그저 먹을거리가 담긴 작은 그릇과 숟가락을 들고 흙바닥에 둘러앉아 먹으면 그걸로 끝이었다. 소박하기 그지없는 식사였다. 그 한 끼의 식사를 할 수 있다는 것에 감사하며 사는 것 같았다.

마당으로 나와 노을 속 산야를 바라보며 에스프레소를 만들어 마셨다. 그 맛을 음미하고 있으니 주인 내외가 저녁을 내왔다. 양파 누들 수프, 야채 볶음밥, 두 장의 차파티였다. 기대를 충족시키고도 남는 맛이었다.

아침에 먹을 음식을 미리 주문해 두었다. 일찍 떠나야 했기 때문이다. 삶은 계란 두 개, 베지모모(야채만두), 베지수프(야채수프)를 주문했다.

전기가 들어오는 지역이어서 돈을 지불하지 않고도 방에서 배터리를 빠르게 충전했다. 이제는 이러한 사소한 일 하나에서도 편리가 느껴졌다.

해가 완전히 저문 하늘에는 별이 총총했다. 은하수도 보였다. 근처의 사원에서 치는 종소리도 들렸다. 마음이 한없이 아늑해졌다.

단숨에 잠들어 푹 잤다.

271

사브루베시에서 타토파니에 가려면 칠리메까지는 버스를 이용하고, 그다음부터는 걸어서 산을 올라야 했다. 그래서 든든히 배를 채우고 1일 1회 운행하는 버스를 기다렸다. 그 사이에 동네 아이들 사진을 찍어주고, 식당의 여주인이 베틀 앞에 앉아 가방 짜는 것을 구경했다. 긴 널빤지 위에 몇 개의 못을 박은 단순한 형태로 가방을 짜내는 솜씨가 놀라웠다.

"도르지!"

타망 헤리티지 트레일에서 만났던 타망족 노인이 시야에 들어왔다. 반가워서 얼른 달려가 그의 손을 잡았다. 마치 고향 친구를 만난 듯이 말이다. 그는 활짝 웃으며 볼일을 보러 나왔다고 했다. 우리는 한동안 서로의 손을 잡고 길 복판에 서 있다가 헤어졌다.

기다리던 버스는 오후 늦게야 왔다. 카트만두에서부터 타고 온 승객이 다 내린 뒤에 버스에 올라 창 쪽에 자리를 잡고 앉았다. 라디오에서는 랑탕을 찬미하는 네팔 노래가 흘러나오고 있었다. 우리네 시골의 완행버스에서 들리는 트롯 같이 정겨웠다.

하교한 교복 차림의 학생들로 어느새 만원이 된 버스는 지그재그로 난 길을 따라 산을 올랐다. 그 길은 이방인인 나의 눈에는 매우 위태롭게 보였다. 그러나 운전사는 곡예사처럼 뿌얀 먼지가 피어나는 비포장의 꼬불꼬불한 길을 잘도 달렸다. 그곳이 어디이든 길에 나와 서 있는 사람이 보이면 어김없이 차는 멈췄다.

길의 가장자리에는 뿌자의 흔적이 많았다. 마음을 의탁할 신이 많은 이곳 사람들이 부럽기도 했다. 언덕배기에는 한가롭게 노닐고 있는 젖소들이, 경사가 비교적 완만한 곳의 다랑이에는 누렇게 익어가는 벼가 보였다. 샛노란 꽃이 핀 다랑이들이 장관을 이루고 있었다. 유채꽃이었다.

287

땡볕을 피할 그늘 한 점 없는 이 길에서 스스로를 채찍질한 것은 단 한 마디 말 뿐이었다.

"가자, 가자!"

"가자, 가자!"

홀로 뒤처진 채 산을 오르며 자신에게 수백 번도 더 한 이 말이 힘이 되었다. 그 말을 할 때마다 그 말에 힘입어 서너 발짝이라도 떼어놓을 수 있었으니 말이다.

주저앉았다가 일어서서 걸음을 떼어놓을 때는 원칙을 정했다. 최소한 10미터는 걷자! 이를 악물고 그 원칙을 지키려고 노력했다. 비록 5미터도 못 가 주저앉고는 했지만.

강진곰바에 갈 때처럼 쑥을 훑어 그 냄새를 맡으며 걸었다. 때로는 훑은 쑥을 바위에 으깨어 진한 냄새를 맡고 기운을 얻기도 했다.

현지인들은 두어 시간이면 오를 수 있다는 길을 다섯 시간 가까이 걸어야 했다. 몸속의 기운을 다 소진했을 때 건너편 언덕에 열 채 가까이 있는 집들이 보였다. 아, 그곳이 바로 타토파니였다.

언덕을 내려가니 드문드문 전신주가 있는 다랑이에 벼가 자라고 있었다. 길 가장자리에 붉게 피어 있는 샐비어는 야생의 기운을 듬뿍 받고 자라 키가 내 키의 두 배가 넘었다. 수수나 옥수수가 심긴 밭 사이사이에는 감자가 자라고, 딱히 논밭이 아닌 곳에도 새하얀 메밀꽃이 피어 있었다.

26
대지의 자궁에 들다

오랜만에 걱정 없이 뜨거운 물을 마음껏 쓰면서 말끔히 씻고, 말쑥한 차림새로 타멜(Thamel) 거리를 산책했다. 상점, 식당, 카페, 숙소, 여행사가 즐비한 여행자의 거리는 시장 통처럼 번잡하기 이를 데가 없었다. 그러나 다채롭고 유연한 사고를 지닌 영혼들과 옷깃을 스치는 것만으로도 즐거웠다. 거리에서, 상점에서, 카페에서 마주치는 이들 중에는 트레킹을 할 때 낯이 익은 사람이 많았다. 외길에서 눈인사만을 주고받은 이들이지만 번잡한 길에서 다시 보니 반가웠다. 서로 무언의 축원을 주고받았다.

이 도시는 신성(神聖)이 넘쳤다. 가게마다, 집집마다 신당이 차려져 있고, 골목골목마다 크고 작은 사원들이 깃들어 있다. 이곳 사람들이 각각 섬기는 신들의 이름은 다 열거하기가 힘들 정도다. 저마다 섬기고 싶은 신들을 저울질을 할 수 있는 네팔리들은 정녕 행운을 타고난 것이리라! 다른 이가 경배하는 신을 질시하지 않는 풍토 또한 얼마나 관대한 일인가!

한 송이 꽃을 들고, 한 자루 양초를 들고, 한 줌의 쌀을 들고 다양한 형태로 신을 모신 곳에 선 사람들은 기도로 하루를 시작했다. 그들이 치는 종은 영혼을 깨웠다. 그들이 불 붙인 초는 어둠을 소진시켰다. 그들이 피운 향은 몸을 정화시켰다. 그 기운이 도시를 신비롭게 감쌌다. 그 공기를 호흡하는 것만으로도 영혼이 평화로워졌다.

시월이 코앞인데도 카트만두는 한국의 늦여름처럼 더웠다. 더위, 인파, 거리의 악사, 호객꾼들을 비집고 여행자의 거리를 한 바퀴 돈 뒤에 라쥐쉬를 만나 저녁을 먹었다. 트레킹을 무사히 끝낸 것을 축하하며 축배를 들었다. 다시 만날 날을 기약했다.

새벽잠을 깨우는 것은 꿈결에 들리는 찬트였다. 너무나 낭랑한 그 소리는 언제나 천상에서 울리는 것만 같았다. 가만히 몸을 일으켜 찬트에 귀를 기울였다. 이방의 언어라 그 의미를 구슬처럼 꿸 수는 없으나 그 가락은 한없이 드높은 곳으로 나를 가뿐히 올려놓았다.

그 몽환의 시간을 방해하는 것이 있었다. 가려움증이었다. 온몸을 긁적대다가 침낭을 살펴보니 개미들이 들끓고 있었다. 해충기피제가 없어 고민을 하다가 개미가 오가는 길에 죽염을 뿌렸다. 개미는 소금을 피하는 습성이 있다고 들었기 때문이다. 개미가 깨문 데마다 속세의 근심이 빨갛게 돋아났다. 그 자리마다 약을 바르며 사바세계로 돌아온 것을 체감했다.

네팔리처럼 아침을 시작하기 위해 찌아(Chia)라 불리는 네팔의 차를 마시러 나갔다. 인도에서는 짜이로 불리는 이 차를 이곳 사람들은 하루에 세 잔씩 마신다고 들었다. 아침, 점심, 저녁에 한 잔씩 말이다.

일부러 현지인들이 와서 찌아를 즐기는 곳을 찾아 골목을 누볐다. 밭에서 갓 뽑은 듯한 채소를 바구니에 담아 등에 지고 다니며 파는 사람, 노상에 차린 가게에서 사모사(감자와 야채, 카레 등을 넣은 삼각형 모양의 튀김)를 튀기는 사람, 바나나 농장에서 가지째 잘라온 바나나를 짐자전거에 싣고 다니며 파는 사람, 리어카에 빼곡히 화분을 싣고 다니며 파는 사람, 가게 앞에서 신문을 읽고 있는 사람들을 지나 좁은 골목 안에서 간이 사원과 담배 가게를 겸한 찌아 집을 찾았다.

간판은 없으나 현지인들이 와서 찌아를 마시고 주인과 정담을 나누는 동네의 사랑방과 같은 곳이었다. 문이 따로 없는 가게 입구에 앉은 후덕해 보이는 여주

30
샨티의 세계에서 시를 얻다

네팔짱에 짐을 부려 두고 타멜 시내에 있는 고대의 왕궁과 사원들을 순례했다. 수많은 전설을 품고 있는 문화유산들이었다.

역사가 오래된 건물 한편에 좌판을 펼친 상인들이 있는가 하면 명상을 하거나 정담을 나누는 이들도 있었다. 그들의 온기에 힘입어 그 문화유산들은 영생을 얻은 생명체처럼 생기를 띠는 것 같았다.

그 분위기에 매료되어 연대가 오래된 돌계단에 앉아 해가 질 때까지 시간을 보냈다. 오가는 사람들을 바라보는 것만으로도 지루할 새가 없었다.

저녁에 숙소로 돌아와 귀국할 짐을 꾸린 뒤에 내 사진이 부착되어 있는 팀스를 꺼내어 보았다. 감개가 무량했다. 나를 청정하게 만든 길들을 하나하나 더듬어 보았다.

처음엔 내가 그토록 떠나보내려 몸부림쳤던 곳에서 부는 역풍을 맞았다.

그러나 다시 넘어져도 반드시 그곳이어야 할 곳, 떠나온 자리로 돌아갈 힘이 생겼다. 운이 나빠 다시 넘어지더라도 예전의 나는 아닐 것이다. 내 생에 행운이 온대도 예전의 나는 아닐 것이다. 분노도, 슬픔도, 웃음도 그때와는 조금 다른 차원에서 나를 흔들다 사라질 것이다. 그 감정의 클라이맥스마다 나는 이곳을 떠올릴 것이다.

스스로 다가갈 것이다. 자신의 얘기를 잘하는 사람, 시에 빠졌던 시절의 진정성에.

스스로 버릴 것이다. 위험하고 아픈 결심을 넣어 지니고 다니던 주머니를.

이제는……

다짐을 하며 침대 가장자리와 침낭 밑에 소금을 뿌리고 잠을 청했다. 그 덕분인지 개미떼의 공격을 피하고 단잠을 잘 수 있었다. 아침에 눈을 뜨니 살짝 열어둔 창문으로 슐리 꽃의 향기가 날아들었다. 마당으로 나가 낙화를 한 줌 주워 주머니에 넣었다.

출국을 하루 앞둔 날이라 라쥐쉬를 만나 싱잉볼(Singing bowl)을 파는 가게에 갔다.

싱잉볼은 말 그대로 노래하는 그릇이다. 청동으로 만든 싱잉볼은 우리네의 징이나 꽹과리와 비슷하나 운두가 더 높고, 크기가 다양하고, 글씨나 문양이 새겨져 있다.

반원형인 싱잉볼의 내부나 외부에 진언, 만다라, 불상의 이미지, 팔 길상(八吉祥 티베트 불교의 여덟 가지 상징물) 등이 새겨져 있다. 울림막대(원형의 나무막대나 나무막대의 끝을 가죽으로 감싼 것)로 싱잉볼의 겉면을 원을 그리듯이 문질러 파동을 만들거나 가볍게 쳐서 음(音)을 만들어 낸다.

싱잉볼은 주로 티베트, 네팔, 인도에서 성스러운 예식, 종교 행사, 명상, 기도, 요가를 할 때 사용한다고 한다. 지구가 자전할 때 생기는 파동의 주파수와 청동으로 만든 종을 울릴 때 생기는 주파수가 동일하다는 것을 알게 된 고대부터 싱잉볼은 치료에도 이용이 되고 있다고 한다.

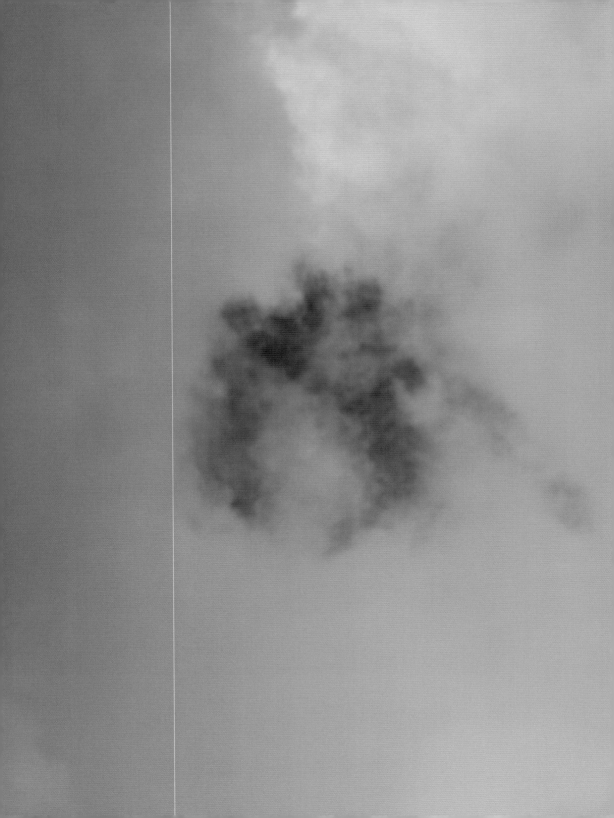

양선희

양선희 시인은 1960년 경남 함양에서 태어났고, 서울예술대학 문예창작과를 졸업했다. 1987년 계간 문예지『문학과 비평』에 시로 등단했고, 1997년《동아일보》신춘문예에 시나리오가 당선되었다. 시집으로는『봄날에 연애』(2021),『그 인연에 울다』(2001),『일기를 구기다』(1991)가 있고, 장편소설로는『사랑할 수 있을 때 사랑하라』(1993)가 있고, 이명세 감독과 영화〈첫사랑〉의 각본을 공동으로 집필했다. 감성에세이로는『엄마냄새』(2010),『힐링커피』(2010),『커피비경』(2014)이 있다.《토픽이미지스》의 스톡작가이고, 구름감상협회 (The Cloud Appreciation Society) 회원이다.

이메일 : parangse30@hanmail.net

리셋하다

초판 1쇄 발행 2022년 1월 22일
지은이 양선희
펴낸이 반송림
제작총괄 조종열
인 쇄 영신사
펴낸곳 도서출판 지혜
주 소 34624 대전광역시 동구 태전로 57. 2층
            (삼성동, 도서출판 지혜)
전 화 042-625-1140
팩 스 042-627-1140
전자우편 ejisarang@hanmail.net
애지카페 cafe.daum.net/ejiliterature

ISBN : 979-11-5728-462-7 03810
값 : 23,000원